鬼山砦の小悪党

1

「おじさん、こいつにオリオン星座のベテルギウス、見せちゃってえや」

「よっしゃ」

真っ暗な部屋のパソコンの前に熊みたいにかがまって、コンピューターで望遠鏡を操《あやつ》っていたおじさんが、待ってましたとばかり、天井に開かれた夜空の大きな望遠鏡の角度をギュ、ギュウーンと動かしてくれる。やがて健治はちょっとレンズの向こう

を確かめ、「おお、さぶさぶっ」と背を丸め、

「おい、とびっきりきれいじゃ。空気が澄《す》んどって、よう見える。ほい、この台に上がって見てみ」

光《ひかり》の背をとんと押した。レンズの真ん中に、暗い赤い星が埋《うず》み火のように瞬《また》いていた。

「この星、太陽の百倍の大きさがあるんじゃてえ。じゃけど暗い赤い色をしとるじゃろ。もうすぐ宇宙から消えるんじゃ。爆発《ばくはつ》するんよ。超《ちょう》新星爆発。五百光年っていうから、今見えとる光って、光の速さで五百年かかって今ここへ届いとるって言うことじゃぞ。じゃけん、もしかしてもう消えとって、この瞬間《しゅんかん》、無《の》うなっとるかもしれんのんじゃ」

「へえ、うそ。見えとるのに、無いかもしれんということ」

「そういうこっちゃ。星はずうっと過去にあった姿を見せてくれとるんじゃ。鎌倉時代に藤原定家という歌人が見たっていう光、すっげえ明るさだったらしい。その残骸《ざんがい》の光が今も見えとるんじゃ。次はそれを見ようか」

望遠鏡のレンズをおずおずとのぞき込《こ》む星川光。その側にぴたっとくっついて、親友の野中健治が、まるで秘蔵《ひぞう》の宝物でも見せるという風に、はずんだ声で耳元にささやく。

「ほらほら、見えるだろ。牡牛座《おうし》の、牡牛の角のあたりだよ」

「うん、ほんと。きれいだなあ。でも、なあんか悲しい色だね。暗い赤色だね」

「そうだ、かに星雲っていうんだ。星はその一生の最後に爆発を起こすんじゃ。今も飛び散って広がっとるんだって。定家の日記で『明月記《めいげつき》』というのに、その爆発、載《の》ってるんだってさ」

「えっ、うそ、へええっ」

光だって、実は自画自賛だけど、歴史オタクだ。

(鎌倉時代は、ええっと、八百年も昔じゃないか。そんな昔にこの星が見えたってか、うそでしょ)

しかし健治は、星についてはクラスでは知らない者の無い超オタク。お父さんが高校の理科の先生で、健治は幼い頃からお父さんに連れられてこの天文台に通っていた。

まんざらうそでもなさそうだ。

星川光はこの村の中学一年生。あまり友達もできないまま小学生時代を送ったが、中学に入学して、隣村から来た健治という少年と出会い、妙《みょう》に馬が合って、今はけっこう楽しい日日を送っている。

今日も今日とて、その健治に、

「冬の星座を見に行かんか。今日はよう晴れとるし、今、新月よ。星がきれいに見えるぞ。しかもちょうど土曜日。土曜日は天文台、開いてるんだ」

と、村にあるこの天文台に連れて来られたのだ。光にとっては、初めての天文観測だった。

光はレンズの中にチカチカと燃えるくぐもった赤い光が、妙に心にしみて、なぜかしら悲しいような寂しいような気分になった。

思い返せば、この赤い星との出合いが、光を中世の戦乱の時代にタイム・スリップさせることになったのかもしれない。

「まあ、鎌倉時代からの八百年なんて、星の世界ではほんの一瞬よ、ついついさっきのことってとこかな。よし、ちょっと気分変えようか。じゃ、今度は、すぐお隣の月を見てみようか。昔話の、餅《もち》をついてた兎。兎に見えたのは月の海なんだ。水は無いけどな。そのクレーターの洞穴《ほらあな》に火星探査の基地を作る計画があるって、知ってた?」

健治の声が冴《さ》え渡る冬空に響く。

「僕らのいる太陽系。その中心の太陽も膨張《ぼうちょう》して行って、いずれは爆発するんだ。あのベテルギウスのように。この地球もがっぽり飲み込んでね」

「熱《あ》っちいだろうなあ」

「あほっ、もうその前に溶《と》けとるがな。いや、もしかして、その前に、『サラバー地球よう―、旅立―つ船はー、宇宙戦艦《せんかん》、ヤ・マ・トー』なーんて、どう?」

「まっ、ぼくらはそれまで生きとらんけん、ええが」

「おお、寒さむっ、ああっ、もう十時か」

「サラバ―、天文台ようだ」

寒さに閉口《へいこう》した二人は天文台を後にした。

帰りの山道を自転車で下りながら、ふと木立の間に仰いだ向かいの山に、すっと青い星が光って流れた。

「流れ星だ」

「あの山はぼくの家の近くの、鬼山っていう山だよ」

こんどはこっちの番、光が胸を張る。

「鬼山は中世の山城の跡よ。石垣ではなくって、土を盛って突き固めた中世の砦《とりで》の跡なんだ。悪い鬼が棲《す》んどって、それを桃太郎が退治したんだなんて、そんな昔話が最近掘り起こされてさ、もっか町内会のおじさん達の間で、えらい話題になっとるんだ」

「近くなのか」

「うん、家から、四、五百メートルってとこかな。そうだ、暖かくなったら、登ってみるか」

「ええな、それ。おれ、ここで育ったのに全然知らんかった。ほんとか。へえ、おもしろそうじゃなあ」

そうして、春休み。

健治が光の所に遊びにやってきた。いよいよ鬼山探検《たんけん》だ。

二人はコンビニで買ったおにぎりとパン、それにペットボトルのお茶をリュックに詰めて昼前に光の家を出た。

「ほら、あの山。この小川を渡ったすぐそこ」

「なんか山頂がピンクがかって見えるね」

「桜だよ。もうつぼみがだいぶふくらんでるんだろう。村人のいこいの場にしようと十数年前に苗木が植えられたんだ。村の有志《ゆうし》が草を刈ったりして管理しとるんよ。ところでこの川、うちのおばあちゃんが子どもの頃には相当深い川だったらしい。よう氾濫《はんらん》して困《こま》ったんだってさ」

二人は山裾《すそ》の、まだ春耕前の田んぼの畔《あぜ》道を横切って、細い山道にとりつく。

光は前もって少し下調べはしていた。もっともそれは、村の広報誌にはさんであった観光用のパンフレット程度のものだったけれど。

砦は、標高百七十メートルほどの、今では鬼山と呼ばれている山頂に築かれていて、北側と南側に区分され、それぞれに階段状の曲輪《くるわ》が配置されていた。山は切り立った崖《がけ》に削《けず》られ、土を盛って突き固めた土塁《どるい》が築かれていた。

まず、南の山上に立った。山の下を蛇行《だこう》した打穴川《うたの》がぐるっと取り囲んで流れていて、春日にきらきらと銀色に輝いていた。南北に連なる谷に沿った道と東から下って来る谷道が山の真下、坂口でほぼ直角に交わっている。

「ほう、こりゃあ、見晴らしがええなあ。ぐるっと百八十度、辺りがよう見渡せるが。北の方は木におおわれとるけん、見渡せんけどなあ」

「確かに山の斜面が削られて、三段の平たい所があるわい。これが曲輪っていうのか。北の砦跡にはこれが六段あるんだってさ。最近木が伐《き》り払《はら》われたんで姿を現したんよ。ほんま、中世の砦だ。ずいぶん急傾斜に突き固められた切り岸だなあ」

「これが曲輪ね。ちょっくら、下りてみようか」

花見を前にきれいに草刈りされた下の段へ、健治が急な切り岸を、そろそろと下っていく。

ダダダダダッ。

「きゃっはあー」

健治が足をすべらせ、ダダッ、ドシンと尻もちをついて悲鳴をあげた。

バサバサッと鴉《からす》が飛び立った。

「はっはっはっ」

光は吹き出す。そこで、光もそろそろ切り岸を下りかけた。途中、突き出した木の根っこにジーパンの裾を引っかけた。それをそのまま飛び降りたものだから、ビリッとそこが裂《さ》けてしまった。

「ちくしょう。なんだ、これは」

腹立ちまぎれに引きちぎろうとその根っこを握《にぎ》ると、木にしてはいやに硬《かた》く、肌ざわりが冷たい。ぐ、ぐっと引っ張ったら、すぽーんと抜け出た。手の平でそのどろをぬぐう。鉄のようだ。先がとがった錆《さ》びた槍《やり》先みたいだ。

「何な。どうしたん」

健治が肩ごしにのぞきこむ。

「ひょっとして、槍の先かもしれん」

「またあ、お前のくせが始まった。すぐ、自分の好きな方に話を持って行こうとするんじゃから。この歴史オタク。ところで、腹、減《へ》っとらん？」

「減っとる。よっし、弁当だ。そうしよう」

ハンカチに鉄くれは包んでポケットにしまう。切り払われたばかりの大きな切り株にそれぞれ腰を下ろすと、二人は弁当を広げた。

ホーホー、ホケキョ。突然鶯《うぐいす》が、すぐ後ろの北の砦の方でするどく鳴いた。

腹ごしらえをすますと、二人は眼の下の村々をのんびりと見渡す。

「やっほー」

「やっほー。それにしても、ここは地の理にかなったええ要塞《ようさい》じゃなあ。いつ頃のもんなん？」

「十四世紀の中頃。鎌倉時代の終わり頃から南北朝の時代にかけてのものじゃないかってさ。北条政権を後醍醐《ごだいご》天皇が倒したじゃろ、その後もすったもんだの南北朝時代となって、ますます戦乱の世へと向かうんじゃ。その頃築いたんじゃないかって。あっ、十四世紀いやあ、そうじゃそうじゃ、あの超新星爆発よ。お前、この前言ようたが。何とかいう歌人が日記に書いとるって」

「そうか、じゃあ、ここにたてこもっとった人らも、びっくりして見たんじゃろうなあ」

「『不吉《ふきつ》な予兆《よちょう》じゃ、この世はもう末じゃー』なんちゃってね。確かにその頃、地震や津波などの天変地異がよう起こったらしいぞ。それに加えて、大雨による洪水や地滑《ぢすべ》り、反対に雨が降らんで干《かん》ばつがおそったりな。それで飢えや疫病《えき》が蔓延《まんえん》して、そりゃあもう大変な時代だったらしいぞ。あっ、そうそう、そのちょっと前に、蒙古襲来《もうこしゅうらい》というえらい驚異《きょうい》にもさらされたがな。そりゃあ、『この世も終わりじゃあ』言うて、恐れたかもしれんなあ」

「おい、また、あの天文台に星を見に行かんかや」

健治の心はすぐ星に飛んでいく。

「土曜日じゃろ、ええな。この川の注ぎこむ吉井川沿いを桜見物でもしながら行ってみっか」

光はポケットの中の鉄くれの手触《ざわ》りを楽しみながら山道を下った。

「北斗七星、春の大曲線か。もうベガもそろそろ……」

飛び交う小鳥の歌声に混じって、はずんだ声が後ろから追っかけてきた。

光の部屋から、真正面に鬼山はいつもよく見える。

この一週間、桜カーニバルで、満開の桜がライト・アップされている。そんなある夜のことだった。

「待てー、逃げるな。止まれ」

ドタドタ、バタバタ。

「どこだ、どっちに逃げた。どこに隠れた。どこだっ、おい、小僧《こぞう》、出て来い」

外がいやにそうぞうしい。ベッドから、そうっと顔をあげ、南の窓をのぞく。暗闇をぶっそうな風体《ふうてい》の男が数人、くせ者を追っているようだ。

ガタッ、ドシャーン。小屋の戸が蹴《け》り開けられた。

ガラガラ。ベキベキッ。ガチャーン。物の壊《こわ》れるようなすさまじい音。

「いないか。あの小僧、どこに行きやがったんだ」

（何事だろう。どろぼうか）

カーテンを細めに開け、光は目をこらす。しばらくして、その数人の男達はあきらめた様子で、立ち去って行く。

(何だったんだろう。事件かな)

なおも目をこらす。すると、雲が晴れ、半円のおぼろ月が辺りを照らし出した。その月明りに現れた家の前の風景に、光は「えっ」と目を見張った。いつも見慣れたご近所のたたずまいではなかったのだ。山際《ぎわ》に寄り添《そ》うように粗末《そまつ》な小屋がぽつぽつ立っているばかり。街灯もなく、いつも大型車が行き交う舗装路は見えない。小っぽけなふぞろいな棚田の間に、せいぜい一メートル幅ほどの、それも穴ぼこだらけの白茶けた道が南へ東へ、そして北へと続いていた。

(夢を見ているんだろうか。まさか)

両目をごしごしこすってみる。そしてそっとまぶたを開けた。壊れかけたあばら屋から、一人の少年がぬっと現れ、辺りをうかがっていた。その風体にまたごくっと生《なま》つばを飲む。筒《つつ》っぽの袖の汚れた着物に袴《はかま》。髪を無造作に藁《わら》でしばっている。素《す》足にぞうり。何か包みを大事そうにかかえている。

やがて少年はやおら駆《か》けだした。そして北へ下る道を十数メートル行った時、どこに居残っていたのか、さっきの連中に見つけられたらしい。少年は駆け戻《もど》って来て、光の家の裏庭に逃げ込んだ。

「こらあ、待て。何をかくした。それ、年貢《ねんぐ》に出せ」

男のだみ声がしつように追いかけている。光は急いでジーンズに着替え、ジャンパーをはおると裏口に向かった。やがて裏庭の壊れかけた木小屋の入り口にその少年を見つけた。少年は男に向かって必死の形相《ぎょうそう》で身構《がま》えていた。

(助けなくちゃあ。こりょあ、どうみてもあの子、勝ち目はないわ)

とっさに光は農具小屋の外壁に立てかけてあった鍬《くわ》をひっつかむと、足音を忍ばせ後ろから男にせまる。そしてその背中を思いっきり鍬の柄《え》で殴《なぐ》りつけた。

「いてっ」

男が一瞬ひるんだ。するとその少年は、すばやく木小屋にころがっていた大振《ぶ》りの薪《まき》を拾って男の頭をガーンと一発なぐりつけた。

(へっ、すげえ。こんなか弱そうな小僧が)

あっけにとられて見つめる光をしりめに、

「手伝って。縛《しば》るんだ。こいつが気を失っている間に、早く、さっさと」

はじかれたように光は農具小屋にかけもどり、縄《なわ》を取って来て、大きな侍姿の男を後ろ手に縛り上げる。その間に少年は手際《ぎわ》よく男の両足を縛った。

（あっ、そうだ）

ポケットのハンカチを放ると、少年は、それですばやく猿《さる》ぐつわをかませ、

「ありがとう、助かった」

とにまっと笑い、立ち上がった。その拍子《ひょうし》に無造作に後ろで束ねていた黒髪がばらっとほどけ、汗ばんで薄紅色に上気した頬《ほほ》が月光に照らし出された。

（なんて美しいんだろう）

とっさにそう感じた。

少年はすたすたとその場を立ち去って行く。

その時、光はえらいことに気づいて、がく然とした。わが家が、光の家が煙のように消えて無くなっていたのだ。昔は農業をしていたらしいが、今はサラリーマン家庭

で、今風の新しい家だ。それがこつ然と消えていて、そこにはさっき窓からながめたと同じ、板葺《ぶ》きの粗末な家が立っていた。

ぽかーんとつっ立つ光の様子を、不思議そうに小首をかしげながめていたその少年が、

「良かったら、いっしょに来ていいぞ。いっしょに戦ってくれんか。手が足りなくって困ってるんだ。そうだ、こりゃあいい、よし、来い。わしに手を貸してくれ」

きりっとした黒い瞳が星のように瞬《また》く。

(ああ、まいったな。一体どうなってんだろう)

「まあ、乗りかかった舟。しゃあないわ。もうこうなったら、行くっきゃないな」

光は少年の後について歩き出した。

少年の向かったのはあの鬼山だった。川の所々に小高く積んだ石の山。その上に渡した幅三十センチほどの板の橋を渡る。たわんたわんとおっこちそうになる。枯れ葦の茂った岸辺の向こうは、川の洪水が運んできたらしい土砂の荒れ地だった。所どころに水の溜《た》まっている細い流れが月光に耀《かがや》いていた。少年は辺りを警戒《けいかい》しながらも、も

くもくと山道を登り始めた。光はもしやと祈る思いで、わが家の辺りを振り返ってみた。そしてまたがくぜんとする。村は、やはり現代のたたずまいではなかった。谷の山裾に点々と立つ家々は、やっぱり瓦も壁もない、テレビの時代劇でいつか見た、中世の時代のような家並なのだった。

（いったいこれはどういうこと、何が起こったんだろう）

不安にかられてふっと頭上、天空に目をやる。そこには燃えるようなまっ赤な星が不気味に輝いていた。ぎょっとなって、息を飲み、立ち止まる。

（まさか、定家の時代のあの超新星爆発だろうか？　じゃあ、ここは今、あの時代なのか、まさか）

二人は山裾を覆《おお》う低い雑木の間をなおも上る。目の前に、切り立ったあの垂直の切り岸が現れた。冬枯れの雑草の中に裸《はだか》んぼうの若木が寒そうに立っていた。大木や、ましてあの切り株などは見られない。

「お帰り。怪我《けが》、しとりゃあせん？　大丈夫《だいじょうぶ》だった？　心配して見とったんよ」

この少年よりちょっと小さいと思われる男の子が、ぬっと木陰から出て来て、光にじろっと、いぶかしそうな眼差を向けた。

「ああ、こいつは大丈夫だ。地頭《じとう》の手下どもに見つかっちまって、難儀《なんぎ》しとったところを助けてもろうたんだ。こ奴《やつ》もわしらと同じような身の上らしい。役に立つ男と見込んで連れて来た。仲ようしてやってくれ。ほら、これ。ようようとって来たぞ。大事に保管しといてくれよ」

そう言いながら、少年は抱《かか》えていたずっしり重そうな麻袋を男の子に手渡した。そして安心したのか、道々気安く話し始めた。

「あれは大事な種籾《もみ》なんだ。わしらが苦労してこしらえた隠し田に植える稲の苗を、もう育てておかんと、田植えができんからな。年貢に取られんように家の瓶《かめ》にかくしておいとったのを、今晩ようよう取って来たってわけなのさ。ここ久米の郡《こうり》の役人とこの川下の院の荘にある苫田《とまた》郡の役人が、代わる代わる年貢をつり上げ、そのつど何もかも引っさらって行くけん、もう村には籾粒ひとつ残っちゃあおらん。田や畑に植えとった作物は、南朝方《なんちょうがた》やら北朝方《ほくちょうがた》やら、どっちに属する悪党らか、わしらにはさっぱり分からんけど、戦《いくさ》のたんびにその手下どもがやって来ては根こそぎ荒らし回って行く。おまけに一昨年《おとどし》の秋、どこからか野武士の一団がこの村にやって来て、わしらが苦労して収穫したばあの稲や稗《ひえ》や豆や芋をごっそり盗《ぬす》んで行きおった。お上《かみ》に納める年貢すら無うなって、娘を売る者が出たり、それでもどうにもならんで、村を逃げ出す者も出た。せえでわしら、とうとう村を捨ててこの山にたてこもったんだ。野武士のやからは川をはさんだ向こうの岩屋を根城《ねじろ》にしおって、今も度々ここいらを荒らし回っとる」

「へええ」

でも、光の脳みそは、今やごったがえしていて、思考は停滞《ていたい》、この状況にまだ追いつけないでいた。

（ちょっと待てよ）

目をつむって一つ深呼吸。この二時間足らずの出来事を振り返る。そして、

「え、えっ」

と、またまた奈落《ならく》に突き落とされる思いにおちいった。

（野武士？　北朝の軍と南朝の軍。地頭ってことは、あれれっ、やっぱ今、ここは中

世、南北朝時代ってこと、こりゃあ、えらいこっちゃぞ、どうしょう）

「ところで、お前は西方《さいほう》の大陸の者か？」

「ううん、ちゃうちゃう」

びっくり。あわてて首を左右にふる。

「ああ、そうか。この山の向こうで養蚕《ようさん》や機織《はたお》りをやっとる百済《くだら》からの渡来人だな？」

「とんでもない。そうだな、宇宙人って、とこかな」

「宇、何？　宇、宙、人。変てこな名だなあ。まっ、いいよ。ここには色んな妙な人が流れ着いとるから。まあ、何でもいい。手伝ってくれりゃあそれでええ。手が足りないんだ」

「よし、引き受けた。もっか、野武士対策だな」

「ああ、そうだ。ああ、やれやれ、無事に帰ったぞ。それ、そこがわしらの砦だ」

（ああ、何か分かってきたぞ。鬼山の砦ね、ふむふむ）

昔何かの脅威《きょうい》に備え、時の支配者にかり出されて、多分渡来人の指導のもとで、村人総出で築いた砦の址《あと》だろう。ここはその北の砦、その六段の一番上の曲輪だろう。

そこには丸太で築いた小さな城が立っていた。

中に案内される。男達数人がたき火を囲んで弓矢や刀や槍の手入れをしていた。

「新入りだ。ええっと、宇、宙人さんだそうだ。さっき知り合ったばかりだが、取り立て役人から危ないところを助けてもろうた。信用していい奴だと思う。で、留守中変わったことはなかったか」

「ああ、今のところ何も起こってはおらんが。しかし、野武士らがそろそろ本腰を入れて襲《おそ》って来る気配《けはい》を感じる。先ごろ山裾を二、三人のごろつきが偵察《ていさつ》に来ておった。ここにだってもう食い物は大して残ってはおらんのだが、ここをうばい取りたいんだろう。ここにたてこもれば、悪党として他所《よそ》の悪党を滅《ほろ》ぼし、大きな勢力ともなろう。そうなりゃあ、どっかの軍からお呼びもかかろうというもんだ。大手柄《おおてがら》でもたてれば、ひとかどの武士として所領《しょりょう》も安堵《あんど》、あわよくば領主も夢ではなかろう。そんなところで、奴らはこの砦をねらっておるのよ」

にやりと不敵な笑みを見せたのは、白髪を短く切った武士とおぼしき初老の男だった。

「この方は、元は幕府の執権《しっけん》、北条高時様の部下だったお人だ。今は武士を捨て我らの指導者よ。ただの弥宗太《やそうた》さんと呼んでいいんだそうだ」

「宇、宙人殿《どの》か、よろしく」

弥宗太は含み笑いの笑顔で軽くうなずいた。そして、

「わしの隣のご仁は山名殿」

と後を引き取った。

「足利尊氏《あしかがたかうじ》殿の弟、直義《ただよし》殿の軍で働いておられた軍師、戦略の達人じゃ。しかし上層部で繰《く》り返される役職や所領紛争のいざこざにもう嫌気《いやけ》がさしたって、もっか素浪人《すろうにん》。故郷にもどる途中、わしとつるんでしもうてな。何とも、すまんことなんじゃ」

「いや、お主《ぬし》とはどこまでもいっしょと決めとる。気にされるな。宇宙人よ、弥宗太殿こそ真《まこと》の侍ぞ」

そこで、山名は、「ふわあー」とあくびを一つすると、光に軽く頭を下げ、その細い顔をうつむけた。

「わしゃあ、ここの頭目《とうもく》、こいつのことじゃけど」

と光を連れて来た少年の肩を軽くこづきながら、百姓《ひゃくしょう》らしい中年の男がつばきを飛ばし話し始めた。

「わしゃあ、この頭目、与一の親父《おやじ》といっしょに、後醍醐天皇を担《かつ》ぐ討幕《とうばく》派の児島高徳《こじまたかのり》様を追いかけて、戦場に出て行ったもんじゃ。じゃが、大怪我《けが》をして脱落してしもうた。その内落ち武者狩りの盗賊《とうぞく》の手にかかって、わしは何とか逃げおおせて戻って来たんじゃが、この子の親父は助からなんだ。わしが誘い出したばっかりにこねえなことになって。今はその親代りじゃ思うてがんばっとる。その後ろのが与一の弟の善助《ぜんすけ》。親の顔も知らん、ふびんな子よ。この子らのおっかあはすっかり体をこわしてしもうて、南の砦でふせっとるがな。いや、この子のおっかあだけじゃあないんで、似たり寄ったりの境遇《きょうぐう》の年寄りや女や子どもらが何人も、この砦には隠れ住んどるんじゃよ」

「違うで、茂じい、おいらは平気じゃて。頭目や茂じいやこのおじさんらがおってくれるけん、すっげえ心強いし、ちっとも寂《さび》しゅうはないで」

さっき迎えに現れた男の子が傍《そば》に寄って来た。

「それはそうと、そろそろ寝ようや」

弥宗太がごろんと山名の側に寝ころんだ。太刀《たち》をかかえ、胡坐《あぐら》を組んだまま山名はもう、軽いいびきをかいていた。

「付いて来い」

善助が光に顎《あご》をしゃくって外に誘い出した。

「おれらは見張り役。見張り小屋でいっしょに寝ようぜ」

そこで光は善助の後を追って見張り台に向かった。

(えらいことになったぞ。とんでもない所に迷い込んでしもうた)

ホーホーと鳴いていたフクロウの声がぴたっとやんだ。

(こりゃあ、何かが起こる)

目をこらして見張り台から向かいの山の斜面を見やる。そこに、黒い人影が二人、三人、じりっ、じりっとにじり寄って来ているのが目に入った。

(やばいぞ。でも、おれ、どこにも逃げられん。しゃあない、もう腹をくろう。ともかく、生きにゃあならん。さて、どうすりゃあええ。そうだ、あいつだ)

「頭目は？」

「南の砦におると思う」

とっさにきびすを返し、光は南砦に取って返した。

(くわばらくわばら、うへえ、早速、戦闘《せんとう》開始かよ)

恐怖《きょうふ》が雷雲のように襲いかかる。背筋が震える。

「頭目、頭目」

歯がガチガチ鳴る。砦の板戸を拳《こぶし》でたたく。弱弱しい老女の声がした。

「小夜《さよ》、お小夜。誰か呼んどるぞ。早よう、起き」

ガラッと、目の前を戸が開き、頭目の与一が険《けわ》しい顔をのぞけた。びしっともう鎧《よろい》で決めている。

「見張り台から人影が見えた。野武士じゃないのか。向かいの山の斜面をこっちに向かっとる」

「よし、すぐ行く。弥宗太らに急ぎ知らせてくれ」

そう言うが早いか、もう転げるようにかけ出した。光が弥宗太や山名や茂じいを伴《ともな》って戻って来ると、善助が「あそこ」という目で山肌を示した。山を下って来る黒い人影がひい、ふう、みい、五人だ。やおら山名と弥宗太のおじさんが弓をキリキリッと引きしぼってビュッと放った。お見事。ゆだんしていたのだろう、二人が「ギャッ」とくずおれた。続いて一人が仰《あお》向けにひっくりかえった。弥宗太と山名のおじさんはたて続けに矢を放つ。でも二つの影が樹木の間をぬって逃げてゆく。さっと山名が急傾斜の崖をすべり下り始めた。しかし野武士達は灌木《かんぼく》にかくれてもう姿は見えなくなっていた。

「二人は、たしかに仕留めたが。三人、取り逃がしたわい。でもその一人は深手をおっておろうから、もう戦力にはなるまいがの」

弥宗太が独り言《ご》ちながら、残念そうにつぶやいた。

月が雲間にかくれ、急に暗くなった。風が出て来た。

「今日はもうおそっては来まい、少し休もう」

弥宗太が皆に戻るよう指示し、砦への道を歩き出す。その内、東の空が少し明るみ始めた。その白々とした靄《もや》の中から与一がぼうと現れた。もうやりきれないといった

面持《おもも》ちで、

「一人、片付けた。もう一人はこいつでズボッと肩を射抜いたから、もうしばらくは出ては来れんじゃろう」

血塗《ぬ》られた短槍《たんそう》をブルンとひとつ振って、枯れすすきをなぎ倒した。まるで時代劇ドラマのワン・シーンだ。

「ほう、お手柄《てがら》。先回りしておったか。ふっふ、やるなっ。与一も成長したのう。いっぱしの悪党じゃ」

弥宗太が顎をなぜながら笑みをこぼした。

「すげえ」

(ここはえらいところだ。この先、おれ、どうなるんだ)

そこへ山名が軽い足取りで戻って来た。

「一人しとめた」

「そうか。これまでにも、たしか五人はやっつけておったはずじゃな。今日また五人だ。奴らの方には戦える者はもう、せいぜい六、七人ほどしか残ってはおるまい。はっはっは。数ではもうこっちが優《まさ》っとるぞ」

弥宗太の大声に、息をひそめて山のどこに隠れていたのだろうか、一人、二人と鍬や鎌《かま》を持った村人が湧《わ》き出るように現れた。そして頭目与一の周りに遠巻きに、ひそひそと寄り集まって来る。南の砦辺りにたむろしていた女数人が、はだけた懐《ふところ》から隠《かく》し持っていた石ころを地面にポロポロとこぼした。

(こんなに潜《ひそ》んでおったんか)

光はにっとほくそ笑む村人達のすっとぼけた表情に、地下人《じげにん》として田畑に生きる農民の逞《たくま》しさをかいま見たような気がした。

(人間だって、生きものだ。その時その場に適応して、生きるんだ。おれも、そうするっきゃないいな)

次の夜のこと。

「ちょっと」

と、与一に呼び出された。

「もう待てん。野武士にさらわれたままになっとる娘を、今夜こそ救い出しに行く。手伝ってくれ」

何時《いつ》にない険しい顔で、与一が光に古びた刀をさし出した。

「茂じいが戦場からもって帰った分捕《ぶんど》り品じゃ。山名殿がよう研《と》いでくれとるから、これ、切れるぞ」

そう言うと有無《うむ》を言わさぬ顔で刀を押し付ける。

「え、えっ。これをおれが……」

「山名殿は器用《きよう》なお方よ。ほんに助かる。この槍も直してくれた。槍先を落として困っとったんだが」

もう先に立って山を下り始めている。

(重い。刀って、こんなに重いんか)

「川の向こうのあの山だ。深い洞穴がある。確かに野武士らはあの岩屋におる。おい、びくびくするな。下調べは充分してある。あの野武士らより、わしの方が、あの山のことにはずっと明るい。山王谷《さんのうだに》から岩端《いわばな》を上って行くと、突当りに洞穴がある。周りにはみっしり雑木や草が茂っとる。夜陰《やいん》にまぎれて近づけば、気づかれはせん。まあ、見つかったらその時だ、ぶった切るまで。ええな」

ウオオオン、ウオオオーン。

山王谷の後方から狼《おおかみ》の遠吠《ぼ》えが起こり、それに応《こた》えるようにはるか向こうの山並から遠吠えは起こり、辺りに響き渡る。

（ここ、確か、知っとるぞ）

光には覚えがあった。

（通学路脇のあの山だ。昼間でもなんか気味悪い所、古い墓のある、あそこだな）

岩の間の急な斜面をよじ上る。ガサガサッと側の笹がゆれた。続いて、タタタタッ、タター。何かの走り去る気配。夜風にぷうーんと獣《けもの》の臭いが漂《ただよ》ってきた。ぶるっと震えが来た。

「行くぞ。ぬかるでないぞ」

足音を忍ばせて与一が先に暗い洞穴に入る。もう引けない。ベルトに差した刀を握《にぎ》りしめ、光も一歩踏み出す。しかし膝《ひざ》はなおもがくがくふるえていた。

（いやあ、やばいぞ。捕《つか》まったらどうなるんだ）

奥から明かりがもれてきた。

洞穴の広くなった所でパチパチと囲炉裏《いろり》の火が燃えていた。その側で、少女が薪のおき火にかけた大鍋をかき回していた。少し年増《としま》の女がこちらに背を向け、うとうとしている風だ。与一が少女の脇に小石をころっと転がした。

「かよちゃん」

はっとした表情で少女が振り返った。

次の瞬間、その顔がぱっと輝いた。同時に与一は脱兎《だっと》のように飛び出した。そして加代と呼んだ少女の手をつかむと引きずるように、光の方に少女をドンと押し出した。よろよろと胸に倒れ込んだその小さな肩を抱きとめて、どうしたものかと与一を見る。

「連れ出してくれ、早く」

「わっ、分かった」

光は少女の手を引き、一目散《いちもくさん》に穴の外に。外に出るとさっきの緊張《きんちょう》のたがが外れ、へなへなっとその場にくずおれそう。ふうっと夜気を吸い込んだ。

「あの人を助けて」

「そうだ、与一が危ない。与一、一人きりなんだ」

「さっ、一人で逃げるんだ。川を渡ってあの向かいの山、分かるな。村人のいる砦に逃げるんだ、いいな」

そう言い残すと、光は意を決して穴へと取って返す。光が洞穴にたち戻った時、ちょうど与一が一人の野武士と取っ組み合いの最中だった。もう無我夢中《むがむちゅう》、その野武士の背に向かって重い刀を渾身《こんしん》の力で、

「やっ」と振り上げ、奥歯をかみしめバサッと振り下ろした。

「ぎゃあっ」

男がくず折れた。血が飛び散った。その声に奥から寝ぼけ眼《まなこ》の大男が何事かとぞろりと現れた。すかさず起き上がった与一が、間髪《かんぱつ》を入れず短槍でその腹を突いた。

「うぐっ」

大男が腹をおさえて後ろにひるんだ。その隙《すき》に光は岩壁に身を寄せていたもう一人の女に駆け寄り、その手をぐいっと引っ張った。女は一瞬付いて来ようとする仕草《しぐさ》を見せた。しかしその次の瞬間、首を激しく振って、洞穴の奥に向かった。

よろりと大男が立ち上がり、近くに立てかけてあった鉄のこん棒をつかみ、ぶんぶん振り回しながら二人に向かってやって来た。奥からバタバタと駆け出して来る複数の足音が聞こえた。

「逃げろ」

二人は洞穴を抜け出し、冬枯れの木々をぬって必死に走り、追手をうまくまいて山をかけ下った。加代が川岸にたたずんで泣いていた。加代を連れてジャブジャブ川を渡る。

「ごめんな、助け出すのがおそうなって」

与一は少女を抱きしめた。そしてその手をとって砦への谷道を上って行く。その時光は、もう一人の年増の女の、おびえたように見開かれた暗い瞳を思い返していた。

口の中がいやに塩っ辛い。ペッとつばを吐き出した。血の臭いが鼻に抜ける。

(えらいこと、やってしまった)

ぞわっと身震い。刀の重さによろりとよろけながら、光はおぞましく汚れた刀の刃を見やる。手の指に凍《こお》り付いたように、刀の柄は光を放しはしない。血のりを傍《かたわ》らの枯草でぬぐい、混乱した思いで慌《あわ》て鞘《さや》におさめた。

（後で考えよう）


その後、二、三日は何事もなく過ぎて行くかに思われた。

砦の山と向かいの山王山の間に、与一らが開墾《こん》して作った小さな棚田の隠し田があった。稲の苗床《なえどこ》を造ろうと、砦を蟻《あり》のように這《は》い出し、女達が切り岸を下りて行く。

「ほっほう、どれ、じゃあ、わしも手伝うかの」

弥宗太が茂じいに付いて出て行った。やがて久しぶりの陽気に、弥宗太は楽しそうに、女達が籾を撒《ま》くのを畔に座って眺めていた。そこに突然パラパラと矢が飛んできた。その一本が弥宗太の胸にズボッと突きささった。それでも弥宗太はひるむことなく、弓に矢をつがえ放った。矢は襲った男を貫《つらぬ》いた。

「きゃー」「わー」

女達が右往左往《うおうさおう》逃げ惑《まど》う。与一も弓をとり、逃げる野武士の一人をしとめた。しかし一人を取り逃がした。

茂じいに抱き起こされた弥宗太はその時すでに虫の息だった。弥宗太はかけつけた村人に抱えられて砦に運ばれていく。

この思いもかけない事態に、すっかり動転し、あの与一がふぬけのようになって切り岸をよじ上って行く。心配しながら光は後に続いた。途中、与一がずるっと足をすべらせ、崖につんのめりそうになった。とっさに後ろからはがいじめに抱き留めた。その手が与一の胸にさわった。

(あれっ)と思った。柔らかい膨《ふく》らみをつかんでいた。

(これは? 女だ。ええっ、頭目の与一は女なのか)

はっとして手を緩《ゆる》めた光を、すばやく跳《は》ねのけると、与一はきっときつい目でにらんだ。取り乱したその顔が、ぽっと赤らんだように見えた。光の方だって、もっと動揺していた。

ドキドキ、ドキドキ。与一の胸に触れた指に、心臓が移って来たみたい。血潮が煮《に》えたぎって、ほわほわと身体《からだ》が妙に熱っぽい。

(与一は女だ)

顔を上げられず、しかし、身体を固《かた》くして、光はもくもくと行列に付き従う。

その夜、弥宗太は息を引き取った。あのまっ昼間、まさか襲って来ようとは思いもしないで、砦で武具の手入れをしていた山名は「ぬかったー」と、歯ぎしりし、しばし悔《くや》し涙《なみだ》にくれた。弥宗太氏は砦山の裾野に埋葬《まいそう》された。

その後、与一は二日ばかり、光の前に姿を見せなかった。すっかり力を落としているということだった。気になって、光は砦をあちこち探し歩いた。そうして、村を見渡せる東ののろし場の土塁《どるい》の影に、そのしょんぼりとした姿を見つけた。ちらっと振り返った顔が涙にぬれ、はれぼったく見えた。

「弥宗太おじさんが我らの支えだった。病気のおっかあと小さい弟をかかえ、食う物も無く、もう死のうかと思案していた時、通りかかった弥宗太おじさんが、親身《しんみ》に励《はげ》ましてくれて、この砦に逃《のが》れて戦うことを教えてくれた。そしてわしらを引っ張って、これまでどれだけの難儀《なんぎ》を切り抜け、乗り越えさせてくれたことか。恩人《おんじん》じゃ。命の恩人じゃった。あのお人がもう居ないなんて。これから、どうやって生きて行ったらええんか分からん、もう胸が、苦しゅうて」

肩を落としてすすり泣きだした。その震える背を思わずそっと光は抱き寄せた。

「大丈夫。お前なら、やれる。大丈夫さ。きっとやっていけるよ」

（おれだって、おれだって、助けてやるよ）

蛇行《だこう》して流れる川の面が春日を弾《はじ》いて銀の砂のように光っていた。


喪《も》の数日を過ごした後、村の衆にせがまれて、茂じいが物憂《う》げな与一を説得に出かけた。

「気持は分かるで。だがいくらなげいておっても弥宗太は喜びゃぁせんぞ。そろそろ仕事だ、仕事をしょう。米を作らんと、皆飢《う》えるがな。もう秋に集めた木の実や干物《ひもの》も底をついとる。背に腹は代えられんぞ。菜の種も蒔《ま》かにゃあならんしな」

頭目として、やらなければならないことに与一は思い当たった。山裾の、洪水の氾《はん》濫《らん》でめちゃめちゃになった湿地帯を、水田に作り替《か》える計画が持ち上がっていた。

やがて数日して、与一は立ち上がった。

「やろう、よっし、元気を出そう」

村人を引き連れ山を下りた。光は護衛《ごえい》にと付き添《そ》った。この際、山名が屈強《くっきょう》そうな農夫を二十人ばかり選び出し、砦で戦闘《せんとう》訓練をしながら、山上から警護《けいご》にあたることとなった。村の男達はもう一人だってこそこそ逃げ隠れする者はいなかった。竹槍を持ち、こん棒をにぎり、弓矢の練習を始めた。その中に与一の弟の善助の姿もあった。めっぽう気合が入っている。

「おれ、強うなるぞ。それで、兄《あん》ちゃんのようにここから都に出て行って、どっかの侍の手下になる。ほんで手柄《てがら》をたてて立派《りっぱ》なお侍になるんだ。兄ちゃんはもう何年も帰って来んけど、兄ちゃんのことじゃ、きっとえらいお侍になっとるはずじゃ。おれも負けずに、出世《しゅっせ》して、えらいお侍になるんじゃ」

一方、おそれをなしたのか、野武士はあれから姿を見せていなかった。

茂じいの指導のもと、与一の指図で村人は男も女も子どもまでもが流木や岩や石をもっこで運び出し、田畑造りに汗を流す。光は野武士や役人を警戒《けいかい》しながら山裾を見張る。

ふと与一に目がいく。とたんにあの柔らかくこりっとした手触りが浮かんできて、その度あわてて目をそらす。

（最初あった日、美しいと思ったっけ。ふふっ、だからか。ふうん、改めて見直すと、ほんと美人だよ。うちのクラスにこんなきれいな子、おらんもんな。そうか、もしかして、小夜さんというのかもな）

そんな光の視線に気づいたらしく、「何よ、ばか」と言う目で与一がにらんだ。そして手の甲で額《ひたい》の汗をぬぐった。その仕草が、何か色っぽい。やっぱり女だ。とたん、心臓がどきっとした。

「へっ、まいった」

光は自分の頭をコンコンとたたいた。

与一はあれから一度も口をきいてくれていない。でも、二人の間に春の宵《よい》のような妙にもわっとした空気が漂っていた。

その時、光の目の端に、こちらにやって来る男の姿が留《と》まった。とっさに槍をかまえ身構える。男はおぼつかない足取りながら、その顔は安堵《あんど》の喜びに輝いていた。汚れてぼろぼろになった着物、すり切れた雑巾《ぞうきん》のような袴をたくし上げ、足をひきずりながらこちらに向かってしきりと手を振っていた。

「あっ、兄ちゃん、兄ちゃんだ」

鍬を放り投げて、突然与一が駆け出した。続いて茂じいに手を取られ、年取った女が転げるように走り出した。砦の見張り台にいたらしい善助が、子犬のように山を駆け下りて来る。

「勇作だ。宗永《むねなが》の勇作だ。与一や善助の兄やんじゃ。戻って来たんだ。無事で良かったなあ」

「ほんにほんに。もう何年になる？　ここを出て行って……そうか、もう六年か。無事でなによりじゃ」

「よかった、よかった」

「よかったなあ。よう無事に帰って来た」

「うちの息子はまだ戻っては来んがの。家《うち》の勘助《かんすけ》を知らんか。どうしとるじゃろう。知っとったら教えてくれんか。生きとるじゃろうか、生きとりゃあええんじゃが」

「三郎はどうしとるだろう。さぶを知らんかや」

矢継《つ》ぎ早にそんな声が蜂《はち》の羽ばたきのように辺りに広がる。男は力無く首をふるばかり。男は与一の実の兄らしい。

皆は、仕事を中座して、疲れ切った様子の勇作を伴ってひとまず砦に引き上げた。皆に取り囲まれ、勇作はうなだれて、とつとつ話し出した。

「恥ずかしながら、逃げ戻ってきました。嫌気がさしたんじゃ、戦《いくさ》に。昨日の味方が今日は敵。戦況《せんきょう》は猫の目のようにくるくる変わる。その度にあっちに付いたり、また裏切って、こっちに付いたり。わしら下っ端《ぱ》には、もう何が何やらさっぱり分からんようになった。しまいには仲間さえ信じられん有様《ありさま》。いつ隣で寝ているこ奴に首を取られるやもしれんぞと、おちおち眠ることもできんようになった。大体、何が正義かさえさっぱり分からん。あっちこっち悪がはびこり、のさばるこのご時世《じせい》。その乱れ切った世を正すと、後醍醐天皇を担いで立ち上がった伯耆《ほうき》の殿様に付く国人《こくじん》に、わしら、物資の運搬や築城の労役夫《ろうえきふ》として駆《か》り出されたんじゃが。それが悲劇の始まりじゃった。その内わしらは、いつの間にか播磨《はりま》の守護の、赤松様配下の兵に回されとって、お上は足利尊氏様に代わっとった。それでも勝ち組を次々渡り歩いて、その時その時の敵の首をとって、褒美《ほうび》にありつき、所領《しょりょう》までもろうて出世しとる者がおると聞いて、そんならわしも一旗《ひとはた》あげようかと、また戦場をかけ廻ってみた。しかし、しょせん、戦は生きるか死ぬか。相手を殺さにゃあこっちが殺される。血みどろになって戦って、前は仲間としていっしょに戦っとった奴をやってしもうた時、ついにもう耐《た》えられんようになった。こいつにもおっかあや子がおろうに、ふっとそう思うたら、急におっかあの顔が浮かんできてよ、そしたらもう命がけ、戦場を逃げ出しておったわ。

へへっ、笑うてくれ、このていたらく。わし……」

「もうええ、もうええ、言うな。それ以上言うな」

山名が勇作の言葉を遮《さえぎ》った。

「お前の故郷じゃ、この砦で安心してゆっくり休め。今は何も考えずに、ともかくよう休め。そして元気になったら頭目や皆の力になってやれ。わしもそろそろ、国に戻りとうなって来たわい」

側で善助がこわばった青い顔で両手を握りしめていた。その握った拳《こぶし》がぶるぶる震えていた。

「よう帰って来た。生きてよう戻って来た」

いつかの夜の、あのか細い声。息子の背を、骨と皮ばかりの手がいつまでもさすっていた。

「ええなあ」

「いっしょに出たのに、家《うち》のはまだ戻って来ん」

「西の国へ行く言うことづけはあったんじゃがの」

「家《うち》のは全然じゃ。無事ならええんじゃが……」

光はたまらなくなって、砦の山を下った。数人の男達がまた、荒れ地を田に耕していた。槍を小脇に抱えて、さきほど勇作がやってきた葦《あし》原を見回る。

ふっと向けた光の目に、何と、思いもかけず、瓦屋根のわが家が映った。わが家の車庫の屋根を、茜《あかね》色の夕日がてらてらなめていた。

（えっ、ええっ）

引かれるように走り出す。

川向うを行く白い自動車のガラス窓が光った。その後をダンプカーが、そして宅配便の軽トラックが続く。川には緑色の鉄筋の橋がかかっていた。

「えっ、何これ、これって、ええっ」

夢見心地で橋を渡った。そして思い切って川向うの山を振り返った。

そこには砦はもう無かった。こつぜんと消えていた。

山裾には耕地整理された、春耕前の田が整然と並んでいた。砦のあった山には木々が茂り、頂上にはほころびかけた桜の木々が逆光に耀いていた。


あれから、天文台行きは、望遠鏡がたまたま修理中だったり、新学期でごたごた忙しかったりで、すっかりのびのびになっていた。

七月、新月《げつ》になるのを待ってようよう出かけた。

三個の大きな星が描く夏の大三角というのを教えてもらった。銀色に煙るような天の川が頭上を流れる。その川を挟《はさ》んで七夕伝説の織《おり》姫星と牽牛《けんぎゅう》星が輝いていた。

「七夕の頃は天気が悪いだろ。今日はよう晴れとるし、織姫のベガがひときわ青白く輝いて見えるじゃろ。ベガは琴座、牽牛星のアルタイルは鷲《わし》座だ」

「うん、織姫と牛飼いは一年に一度、七夕の夜に天の川を渡って会うんだったよな」

「ところでこんな神話があるんだが、知っとるかな」

暗闇から突然の声。星マニアの例のおじさんだ。

「琴座はオルフェウスの竪琴《たてごと》と言われとる。オルフェウスは亡くなった妻がどうしても忘れられなくって、死者のいる、黄泉《よみ》の国に妻を連れ戻しに行くんだ。そのオルフェウスの奏《かな》でる琴の音色にすっかり心打たれた神様が、『よし、よかろう』と、妻を連れ戻すことを許してくれたんだって。ただし、『帰り着くまで後ろの妻を振り返ってはならないよ』と約束させてね。しかし、あと一歩でこの世という入口まで戻って、がまんできずに、つい妻を振り返ってしもうた。そのとたん、妻の姿は消えてしもうたんじゃと。オルフェウスは妻をしのんで今でも琴をひいているんじゃそうなで」

光はあの向い原の橋を渡った時、後ろを振り返ったあの時の思いが、またよみがえって来て、望遠鏡から目を離せない。ベガの青白い光をじっと見つめる。その輝きに、小夜の面影《おもかげ》が、きっとにらんだあの時の顔が、きらっと浮かんだ。

ポケットにそっと手を入れる。与一の落とした槍先。あの鉄の欠片《かけら》が、ぴゃんと指先に触《ふ》れた。

「また会えたね」

少しはにかんだような、レンズの向こうのバラ色のあのほほがほころんだ。

2

お盆の仏《ほとけ》送りがすんだ。仏送りも、幼稚園児だったころは川端《ばた》まで送って行き、供《く》物《もつ》を橋の上に並べて皆でお経《きょう》をあげていたが、後の掃除《そうじ》が大変だと、いつのころからか、それぞれ家の門先《かどさき》でやるようになっていた。

この行事がすむと、夏休みももう終わる。何かふっと寂しくなる。宿題はまだずいぶん残っていた。来週からは塾《じゅく》が、それに部活も始まる。追っかけられるような気ぜわしさにおそわれる。そのくせ、なかなか取りかかれない。いら立つ思いをもてあましている光だった。

そんな光が涼風がたち始めた頃、柴犬《しば》のロッキーの散歩に川向うの向い原に出かけた。

橋の上に立って鬼山を見上げると、あの時の与一の面影が浮かんでくる。鬼山の砦で与一と出会ったあの日から、二年余りの月日が流れていた。

山裾の田では稲がいつの間にかすっかり青々と伸びて、その青田を夕風が白くうねっていた。向い原への橋を渡る。落日を背に鬼山が黒々と立ちふさがっていた。

ロッキーの手綱《たづな》をにぎって、山裾を歩くうち、急にロッキーが走り出した。そして鬼山の登り口に向かった。ロッキーに引っぱられるまま、頂上をめざす。久しぶりだ。

野中健治と来たあの早春の頃とはすっかり様変《さまがわ》り、夏草や羊歯《しだ》が生い茂り、青葉の枝が頭上から覆いかぶさって来る。

北の砦跡への道をたどる。うっそうと茂っていた大きな雑木は切り倒されていて、今は北側の村里も見渡せた。光は頂上の曲輪跡のベンチに腰掛け、もう山陰に入った川《かわ》下《しも》の田や家並をながめる。それから川をへだてた東方に目をやると、岩屋の山の岩端が夕映えのオレンジ色に染まっていた。

光はベンチにごろりとあおむけに寝ころんだ。真上の空がだんだん群青色に暮れてきて、一つまた一つ、星が輝き始めた。そして天の川が煙るように浮かび出て来た。織姫星のベガが瞬き始めた。かたわらに寝そべっていたロッキーの、「クン、クーン」と呼ぶ声がだんだん、だんだん小さく小さく遠ざかって行った。

○

「起きろ。久しぶりだな。おい、起きろ」

なつかしい声がした。与一の声だった。

がばっと起き上がった光の前にあの与一が立っていた。カーキ色の麻の着物。袴の裾をたくしあげ、腿《もも》のあたりで中に巻き込んでいる。

「小夜さんだよね。そうだろ」

「ふふっ、違う。与一だ、今は。いいな」

辺りに夕もやが漂い始めた。あの粗末な小屋は丸太組みながらもなかなかりっぱな城に変わっていた。そんな城が隣の南砦にも立っていた。見張り台の小屋もしっかりしたものに変わり、しかも土塁をめぐらす周りの切り岸を、槍の切《き》っ先《さき》のように尖《とが》った杭《くい》が外に向かってみっしり並んでいた。

(おれ、また、ここへもどって来たんか)

そのくせ、妙に心は踊《おど》っていた。今まで何度もこんな出会いを夢見ていた。でもそれは無理。もう会えないとあきらめていた。その与一にまた会えたのだ。

(へへへっ、うれしい)

そうっとわが家の辺りを振り返る。川の向こうは夜のとばりに包まれ、もう何にも見えなかった。

「行こうぜ」

後ろ姿で与一はさっさと城に向かう。後に続いた。

「野武士の方、大丈夫か。もうかたがついたんか」

「いや。頭目がまだ生き残っとる。あの岩屋にたてこもってな。手下が三人ばかりおるみたいだ」

「あの女、ほら、ちょっと年増の女。洞穴にいただろっ。今もあそこにおるんかな」

「さあ、どうだろう。姿を現さんから全然分からん。もとから連れて来とった女だろうよ。わしも知らなんだ、他にあんな女がいることは」

「ふうん。だけど与一、りっぱな城を築いて、がんじょうな柵《さく》も巡らして、すごいじゃないか」

「ああ、兄さんが城造りは経験しとったらしいし、それに山名さんが村の衆の指揮をようとってくれて、それに皆力を合わせてよう働いてくれたんだ。野武士も怖《こわ》いけど、ここらは無法地帯じゃ。依然《いぜん》として後醍醐天皇さんと足利氏の戦争が続いとるから、村には治安《ちあん》を守る領主がおらん。元国司《こくし》や守護《しゅご》に仕《つか》えていた地元の国人と言われる侍や荘園の地頭や、その下に仕えていた地下侍《じげ》が勝手に年貢を取り立てては私腹を肥《こ》やしとる。お上への年貢とか戦の兵糧《ひょうろう》という名目《めいもく》で、わしらが働いてやっと収穫した食料をごっそり持っていっとる。まあ略奪《りゃくだつ》、泥棒《どろぼう》だな。依然《いぜん》として暴力が巾《はば》を利《き》かしとるこのご時世《じせい》よ。強い者の刈り獲《と》り御免《ごめん》さ。それを取り締《し》まる者、裁《さば》く者がおらんのだからな。しょうがないんだ。自分達の命と命の糧《かて》は自分達で守る、それしか、もう生きるすべはないんだ。そんな中で今やわしらの団結は一層強まっとる。野武士の泥棒もさることながら、今は地下の侍衆から、この地を守って戦わにゃあならん。そんなところなんだ」

「大変だなあ。それで頭目は今もお前か」

「ああ、兄さんはまだ心の傷が癒《い》えとらん。元気そうにしとると喜んどると、何かのきっかけで落ち込む。そうなったら貝みたい、もう閉じこもりだ」

天空の天の川が銀の砂子《すなご》のように輝く。ベガが一段と輝きを増してきた。天の川を挟んで牽牛のアルタイルも白く瞬きだした。

「おおい、宇宙人が戻って来たぞう」

与一が北の砦の城に光を連れて入る。板張りの部屋の真ん中に、山名がいた。少しやせてやつれたように見える。

(国に帰りたいと言っていたが、留《とど》まっているんだな)

「やあ、宇・宙人、お帰り」

善助が嬉《うれ》しそうにやってきて、迎えてくれた。

「ああ、お前か」

勇作がはればったい顔をあげた。大部顔色はよくなっているが、目がしずんでいる。いやなものをたくさん見て来た目だ。そうそうさっぱり忘れ去ることはできないのだろう。

「じゃあ、宇宙人、わしは南砦に帰る。善助、宇宙人をたのむぞ」

与一はすっと出て行った。

「お前も物好きよのう。でも、よう帰って来てくれた。今日の与一、めっぽう嬉《うれ》しそうじゃったぞ。お前が突然おらんようになった時にゃあ、とうざ、与一はそりゃあ動揺しとった。口には出さなんだが、しょんぼりしとったぞ」

（うわわわ）光はあわてる。

（与一が……へえっ、ほんと。与一も、……そっか）

「弥宗太を亡《の》うしたばっかりじゃったし。ふふふっ。宇・宙人よ、お前さんも、悪いやっちゃな。突然おらんようになったり、それで今頃また現れたり。まあ、あんまり振り回すなよ、な」

（そういうことじゃないんだけど。……おれだって、……どうなってんか、分かんないんだけど）

内心どぎまぎする。光は山名に心を見透《す》かされているようで、くっと言葉につまる。

「頭目といえども与一はあれでなかなかこまやか。まあええ、まっ、力になってやってくれ」

「宇宙人、わしのねぐらへ行こうぜ」

「ああ、分かった、あの見張り台だな。よし、わかった」

光は城を出、一段下の曲輪に向かう。

「ところで、りっぱな砦になったなあ。城まで建てて。ちょっとの間にすげえなあ」

「ああ、北の下《しも》村や東の川向うの岩屋が手に取るように見えるぞ。南方は南砦から一望できるし。西は険しい崖になった。柵の門をしめたら、とうてい猿でも登っては来れんぞ。わしら、汗水流してようがんばったんだ」

「そうだろう、ほんま、すげえなあ」

二人は百姓三人が詰めている見張り台の小屋に入って横になった。

明烏《あけがらす》の声にたたき起こされた光は、朝靄《もや》の中を土塁にそって鬼山砦をぐるっと歩いてみる。向かいの南砦の曲輪に上ると、眼下に光の家の辺りが手に取るように見える。やはり、一夜明けても、そこは中世の時代の景色だった。

(それにしても、与一、女の身で、ようここまでやったもんだなあ)

向かいの山から登って来る朝日に靄が薄れて行くにつれ、青々とした稲田が広がってゆく。向い原をとり巻く川の川底を、ごく浅い流れが光っていた。山王様の鎮守《ちんじゅ》の森辺りからもう蝉《せみ》の音《ね》が湧き始めた。

「よっ、早いなあ」

与一がぬっと現れた。胴だけ鎧《よろい》を付けている。

「南砦の小屋に朝餉《あさげ》の用意ができとる。さっさと行って食って来い。ここのおばさんらの雑炊《ぞうすい》、なかなかのもんだぞ、さっ、行けっ」

「うん、ありがとう。今日は暑くなりそうだなあ」

「ああ、暑いのはいいんだが。ちょっとひと雨ほしいところだ。夕立でもいいんだ。じゃが、この空模様《もよう》じゃあ、それも望めそうにないなあ」

空を仰いで深いため息をついた。

小屋で雑炊をすすっていると、かまどで立ち働いている女達が、ひそひそ話しているのが耳に入る。

「この日照り、いったいいつまで続くんだろうなあ。川の水も減ってしもうとる。これから稲の花が出るというのになあ」

「それでもまあ、ここはええけど、下の村じゃあ、もうすっかり田がひび割れて、大変らしいで」

「そうか、大ごとが又おこらにゃあええがなあ」

それから数日がたった朝のことだった。

「与一――、与一――」

茂じいの声が光の居る見張り小屋の前を、南砦にすっ飛んで行った。その声にふらり光は小屋を出た。

ワイワイ、ガヤガヤと砦がさわがしくなった。

「ちょっとそこ、どけて。どれどれ」

善助が見張り台に出て、片手をかざして山裾を蛇行する川に目をこらした。

「ああ、またやったか。これでもう何回目だ」

誰かが堰《せき》を壊《こわ》して、水を流したのだ。

一斉《いっせい》に村人数人が川下の堰に向かって駆けだした。

表情を曇《くも》らせた与一がやって来た。

「上流の西村も水を止めてしもうた。うちだって堰をふさぐよりしょうがなかったんだ。下の村が難儀《なんぎ》をしょうるんは、よう分かっとったんじゃが」

「またまた、ひともんちゃく、起きそうじゃ、なっ」

その日半日かけて、堰はまた修復された。

しかし、やはりその夜、騒動《そうどう》は起きてしまった。夜陰に紛《まぎ》れ、堰を壊しにやって来た下の村衆と、夜っぴき番をしていて、それを阻止《そし》しようとする鬼山砦の者との間で騒動になってしまった。どちらも鍬やてんびん棒等の農具を持って来ての乱闘《らんとう》だった。こちらは砦にたてこもって戦闘訓練を積んだ武装《ぶそう》集団。それでも、数人の怪我《けが》人が出る始末《しまつ》。下村には相当の犠牲者《ぎせいしゃ》が出たに違いない。

「気の毒《どく》だよな。下村だって、同じこの郡《こうり》の村だろ。あちらだって、死活《しかつ》問題だ。米が獲れなんだら、この先どうなるんだ？」

夕餉《ゆうげ》を囲みながら、光は与一に聞いてみる。

「そうなんだ。鬼山砦は、もうお上にたて付いて年貢も納めてはおらん。自分らの食いぶちをかせいだらええだけなんじゃが、下の村や上《かみ》の西村はいやいやでもまだ納めとる。こりゃあ、飢える者が出るぞ」

「恨《うら》まれるだろうなあ、わしらが」

茂じいが頭をかかえる。茂じいは若い頃少し先の院の荘園で働いていたことがある。下村の出の同僚《どうりょう》もいたと言う。

「だけど川上の西村から水が流れて来んようになって、うちの田だって今やもうからから寸前《すん》じゃ。こっちだってそう貯《たくわ》えも無いでよう」

下村の者に鍬でなぐられ、肩を包帯で巻いた男が、必死の様相《ようそう》でまくしたてる。

「ふうむ。どうしたもんかなあ」

「雨ごい、でも。あっ、もうやっとるか、……」

「とりあえずじゃ、ここだけでも、稲を枯らさんようにせにゃあなるまい、共倒れになってもつまらん」

「ため池を作ったらどうじゃ」

めずらしく、勇作がのっそりと割り込んで来た。

「ため池？　この日照りに？　いや、もう間に合わんわ」

「ともかく、また来るぞ、あいつら。死に物狂《ものぐる》いじゃからな。生きるか死ぬかの瀬戸《せと》際《ぎわ》じゃ。ゆだんはならんぞ」

口々にこれからも警戒おこたるまいぞ、とお互いに肩をたたき合い、皆、川から目を離さなかった。

その後何日も雨は一滴も降らなかった。そして暑い残暑はなおも続くのだった。

そんな中、夜陰にまぎれて堰を閉ざす戸板をはずしにやって来る命知らずはあとを絶たなかった。

「下の村の田んぼの色が茶色っぽくなって来たように見える。まだ実も入らん時期のになあ」

茂じいが見張り台に行っては顔を曇らせる。もう、川はほとんど干上《ひあ》がる寸前の様相をていしていた。

「どうしょうるじゃろう。行って様子を見て来ては」

光の提案《ていあん》に与一が立ち上がった。

「よっし、行こう。行って、この先わしら、どうするか考えてみる」

「おれが行くよ。お前さんは顔が割れとる。その点、おれ、誰も知らんじゃろうから、旅の行商人《ぎょうしょうにん》にでも変装して行きゃあええし」

「そうか。じゃが、お前一人では心もとない。田畑のことも、百姓の暮らし向きのことも、他所者《よそ》のお前なんぞには分からん。わしだって女に変装《へんそう》して行きゃあ、ふふっ、分かりゃあせん」

「はははっ。女装《じょそう》、なあ。へへっ、そりゃあええ」

茂じいがさもおかしそうに笑った。

そうして蜩《ひぐらし》が寂しい音を奏で始めるころ、光と与一は旅の行商人の姿で砦を出た。

「へえ、なかなか様《さま》になっとる。良く似合うぞ」

与一が光の姿を点検《てんけん》して笑う。なにぶん急ごしらえのこと。光は与一の小袖に勇作のとっておきの袴、手っ甲《こう》に脚絆《きゃはん》、それに茂じいが昔使っていた折れ烏帽子《えぼし》を被《かぶ》っていた。与一は、掃《は》きだめの鶴とはこのことかと思わせる、なかなかの娘ぶりになった。

「ふうん。さすがよう化けた。美人に見えるぞ。おれ、どっちか言うと、こっちの与一の方が断然《だんぜん》好きだな、このままこれで通したらどうだ」

「ふん。おこるぞ。そんなざれごと。今そんなざれごと言うとる場合か」

一応《いちおう》二人は古着等を背負い籠《かご》に入れ、それぞれかついで隣村に向かった。

「何と呼ぼうか。お小夜、それとも小夜さん」

「小夜でいいよ。お前も、宇宙人は言いにくい。今だけ、ここだけだぞ、『お前さん』って、そう呼ぶことにしておこうか」

（へっ、いいの。それ、なかなかいいじゃん）

水の涸《か》れた川を渡る。いつか加代を連れて渡ったあの川だ。目の前にあの岩屋の山が屏風《びょうぶ》のようにそびえていた。

（あれっ）

目を見張った。その山と光の家のある向かいの山の間にある狭《せま》い谷を、白蛇のような細い細い水の流れが、ちょろちょろと涸《か》れた川に注いでいた。

涸れた川沿いの畦道を下って行くと、どの田も畑も、もう枯れ枯れに乾《かわ》ききっていて、稲は黄ばみ、芋や瓜《うり》の茎もすっかりしおれ、中には枯れ朽《く》ちている物もある。田畑には人影は見えない。しいんと村は廃墟《はいきょ》のように夕映えの中に沈んでいた。

二人は怪《あや》しまれることもなく、村の道を歩いて行く。

食うことにきゅうきゅうとしている村人、ましてやこの非常事態《ひじょうじたい》の折り、行商人等に目を止める者はいないのだった。

「鬼山の鬼は、わしらを人とも思うておらん。あれはほんに鬼、おお悪《わる》の悪党じゃ」

「呪《のろ》い殺してやりたい」

「せいでも、堰を壊しても、川には水はもうないぞ。あっちだってそろそろ困っとろうがなあ」

「じゃが、鬼山の倉にゃあ、米や食い物や銭《ぜに》が、たあんと隠してあるというじゃあないか」

「あいつらも、ついこの前まではわしらと同じ暮しぶりじゃったがな。わしらとどこが違うんなら」

「そうじゃ、そうじゃ。わしらもあいつらのように悪党になって槍や刀で武装すりゃあええってことか。いっそ、一揆《いっき》でも起こすかや」

村長《むらおさ》の家らしい一軒の藁《わら》家から、そんなぶっそうな話し声がもれ聞こえて来た。

「よし、そんなら、鬼山に火を放って夜襲《しゅう》をかけ、その倉庫とやらから米をぬすんで来ようや」

「そりゃあ、ちょっと難しかろうで。あいつらは戦の訓練をたあんと積んどるけんな。それに、見張り台にはいっつも見張り番が立っとるしな」

「なんみょうほうれんげえきょう、なんみょうほうれんげえきょう」

一軒のあばら家から、うちわ太鼓《たいこ》の音がしてきた。

赤子《あかご》の火のついたような泣き声がする。

与一が耳元でささやく。

「出代《か》えて来よう。こりゃあ、一遍《いっぺん》、話し合いが必要だ。この村は危ない。年貢が今年もまた取られるだろうし、助けてやらにゃあなるまいな。米は獲れまいから、せめて年貢取り立てから守ってやらにゃあなるまい。それにしても、もう少しのしんぼうじゃがな。一雨来ればなあ。うちらの田だけでも収穫できたら……また何とか」

そうして二人はすごすご帰途《きと》についた。蛇行する山裾の涸れた川床を重い気分をかかえて歩く。ちょろちょろと山からしみ出た小さなあの流れが、折りからの月光にきらきらと光った。

「与一、勇作の言うとったため池のことな」

与一の顔がきらっと輝いた。

「そうだ。それがあったな。取り入れがすんだら、来年再来年《さ》に向けて、少しずつやって行くか」

「米がとれたら、下の村にも分けてあげて、池造りに協力してもらうわけにはいかんかなあ」

「お前さん、それ、いいな。働いてもらって、給金《きゅうきん》代りに分けてやるんじゃ。その方がええ。うちの村だって、充分に水が有りゃあ、井手《いで》を堰《せ》いたりしゃあせんこともよう分かってもらおう。早速、皆で相談しよう」

鬼山への山道にさしかかる。

光はこのまま砦に帰るのが何だかおしいような気になってきた。後ろからついて来る与一をそっと振り返る。

「小夜、ここらで少し休んで行かんか」

その声にひたと足音が止まった。虫の音がわく。枯れ枯れの野に命をけずるような幽《かす》かな虫の音。まるで地からしみ出るように聞こえる。

「ああ、やれやれ。あの暑さがうそみたいだなあ」

「風がほんと気持ちいい。やっと息ができるって感じ。ばたばた暮らしている間に、時は移っているんだ」

与一がかすかにほほえんだ。ほっとしたような、優しい笑顔だった。二人はどちらともなく、山裾の川端の岩に腰を下ろした。

「小夜、ちょっと空を見上げてごらん。星がきれいだよ。あの大きな青い星は織姫星というんだ。こっち側の白い星は牽牛星」

「ふふふっ。『小夜』か。『小夜』もいいな。このかっこうで暮らせるようになるといいなあ」

与一は着流しの花柄の袖をふるふるっと振って、赤い緒《お》のぞうりの足をぶらぶらゆすった。

「小夜、今日の与一は特別きれいだよ」

耳元でささやくと、光はひらりっと後ろに飛び降りた。

枯れ枯れの川岸に逞《たくま》しくカワラナデシコの花が生き残っていた。

(小夜さんはこの花みたいな人だ)

ふっとそう思った。その一枝を手折《たお》って、その小さな花を与一に手渡す。ちょっとはにかみながら、今日の与一は素直に、

「ありがとう」

と受け取り、束《たば》ねた髪の元結《もとゆい》にその紅《べに》を挿《さ》した。青い月明りの川原、小袖姿の横顔がまぶしかった。


その夜、砦の寄り合い所に主《おも》だった村人が集められた。そうして、与一から下の村の窮状《きゅうじょう》が話された。

「下の村衆、一揆まで考えとるようだ。同じ百姓仲間だ。そんなことになってはえらいことよ。またまた痛い目に合わせることにならんとも限らん。そうならん内に、どうしても話し合いを持たにゃあならんと思う。どうじゃろう」

与一の緊迫《きんぱく》した表情に、皆心を動かされたようで、

「どうしたもんかなあ」

「こっちの言い分をどうやって伝え、あっちにも分かってもらえるかなあ」

そこで与一が、

「役人の年貢取り立てから守ってやろうじゃあないか。どうせわしらの所に来たら、追

っ払《ぱら》うんじゃから、ついでだ。ちょっと手広うなるから大変じゃがの、皆の衆、どうじゃ」

「ようっし。良かろう。うん、おお、腕が鳴るわい」

「こんな干《かん》ばつの折り、年貢を取り立てる方がおかしい。その年貢米だって、どこで、どう使われるやら分かったもんじゃあないんじゃから」

「在地侍《ざいち》の蓄財《ちくざい》になるだけじゃ。やつら、軍備を増強して、所領を広げる戦を繰り返すばっかりだ。こちとら民百姓は、どえらい迷惑《めいわく》よ」

「よし、決まった、いいな」

そして与一は続ける。

「それから、それがすんだら、勇作が言っていたため池を造ろうと思うんだ。ため池があれば今年のような日照り続きの折り、水争《あらそ》いをせんでもすむが」

「そんなもん、どこに造るんなら」

それまで黙って聞いていた勇作の目が輝き始めた。

そこで光が口をはさんだ。

「岩屋の山の谷に湧水《ゆうすい》の流れがあったぞ。その上流をせき止めたらどうかな」

「ああ、一本杉の湿原じゃな。ふうん、あそこ、ええかもな。ふむふむ、湿原の下に狭い谷口があるわい。あっこは、ええぞ。こりゃあ、できるぞ」

「よし、じゃあ、造ろう。そのことも下の村衆に話そう。手伝うてくれる者には日当《にっとう》を出してやってもええと思うとる。そうすりゃあ、あっちの窮状《きゅうじょう》を少しは救うてやれるんじゃなかろうかな」

「そうすりゃあ、今のこの恨《うら》みがちったあ消えるじゃろうしな。頭目、そりゃあなかなかええ考えじゃぞ」

茂じいが感じ入ったようにうなずいた。そこで山名がきっぱりと申し出た。

「よし、分かった。下村への使いに、わしが行こう」

「わしも行く。昔からの知り合いも多いし。気心《きごころ》がよう知れとる。勇作、あんたもいっしょに行こうで」

「えっ、わしが、ですか。このわしでええんですか」

「そうだ。ため池の一件《けん》、あんたの口から言うのが一番じゃ。それに、あんたの事は、もうここいらでは、よう知れ渡っとる。あっちこっちに同じ目に合うた者がおるでな」

それで決まった。光はついて行きたかったが、この際留まることにした。今では下村の者達に鬼とまで恐れられている与一のこと、心配だった。こんな時こそ何が起こるか分からない。野武士の襲撃《しゅうげき》も考えておかねばなるまい。弥宗太さんが偲《しの》ばれた。

山裾では日に日に稲が実り始めていた。収穫前には野武士が襲って来るかもしれない。もう、彼らは飢えきっているはずだ。ここいらで、まともに収穫できそうな田は、もうここしか残っていないのだった。

茂じいが川上の西村の村長《むらおさ》に仲介《ちゅうかい》をたのんで、双方《そうほう》の都合のいい日、彼岸《ひがん》前の十五日、村境の山王様の杜《もり》で話し合いをもつことになった。山名と勇作、それに西村の村長を伴って茂じいが出向いた。

与一は朝早くから村の女衆と小豆《あずき》を炊《た》き、団子を作って土産《みやげ》を用意した。光は善助と見張り小屋に詰めて辺りに目を配《くば》った。

幸いその日は何事もなく、夕方には山名達が上機嫌《じょうきげん》で戻って来た。話し合いはうまくいったらしい。年貢取り立ての役人を追っ払ってやるという提案に、それは有難い、願ったりかなったりと、とても喜ばれたとのこと。それを聞いて、西村の村長も、

「そんなら、うちの方もぜひ」

と、頼《たの》んで来たそうだ。西村では、鬼山砦を習って、西村の山の上に砦を築こうという話が今や煮詰《につ》まって来ているという。どこも、この干ばつでよほどまいっているのだろう。

その会談の一部始終を話し終えると、山名は勇作を呼んで、何かひそひそ話し合っている風だったが、次の朝二人は砦から行方《ゆくえ》をくらましていた。


そうこうする内、やがて山裾の田は黄金色《こがね》に稔《みの》り、ようやく収穫の秋を迎えた。

空模様の不安定なこの時期、晴天の日を見計《みはか》らって、村人総出で稲刈りとなった。野武士の襲撃にそなえ、砦の見張り台から善助らが見張る。光は山名が鍛《きた》え上げた鬼山軍団の数人と稲田を警戒して回る。与一は女衆に混じって稲を刈っていた。荒地を田に変えようと、精《せい》を出していたあの頃の姿を光は思い起こす。嬉しそうに稲束をかか

えて行く与一は、あの頃よりもっと女っぽくなったように見える。周りで働く村人達は、頭目が女であることになんの違和感も抱《いだ》いていない、いやそれゆえむしろ、信頼しきっている風にみえる。与一はこれまでよほどがんばってやってきたのだろう。

稲刈りは五日ほど続いた。その稲束は田に広げて立て、数日間干された後、鬼山の曲輪に用意した穂木《ほぎ》に移されることになっている。

明日は山に運ぼうというその前夜のことだった。やはり泥棒はやって来た。深夜、月の照る山裾の田。五人、野武士だろう、稲を盗もうと動く者達がいた。

光と善助は見張り台にいた。それに気づくと、すぐさま取り付けた半鐘《はんしょう》をカンカン、カンカンと打ち鳴らした。

「すわっ」

(大切な大切な稲を奪《うば》われてなるものか)

山上から矢を射る者、槍やこん棒を担《かつ》いで山を駆け下りる者。女達も川原の石を詰め込んだ麻袋を背負って、バタバタ砦をかけ下って行った。

そうして光が少しおくれて駆け付けた時には、稲盗人退治《ぬすっとたいじ》はもう終わっていた。二人の稲盗人が捕《つか》まえられていた。あとの三人は稲束を放り投げてあたふたと逃げて行ったという。しかし一人は与一の短槍に突かれ、も一人は村人の矢をまともに背に受けており、相当な怪我をしているということだった。ところで、真っ先に転げるように川を渡ったのは、どうも女のようだった、という話に花が咲いた。

（あの女だろうか）

光は岩屋の洞穴の奥に逃げて行った、あの時の暗い目を思い返し、ちくっと胸が痛んだ。

捕われた二人は、まだ年端《は》もいかない若者だった。一人は近隣の村の小作人、もう一人は勇作のように戦場を逃げ帰った、侍志願の元百姓だった。二人とも最近野武士になったばかりらしい。多分たぶらかされて連れて来られたのだろうということだった。

「こ奴ら、砦に連れて行け。怪我の手当をして、飯を食わせてやれ。もともとそう悪い奴じゃああるまい。悪いのはこの飢《き》きん。飢《う》えて盗人に引き込まれたんじゃろうて」

やがて若者二人は砦の牢《ろう》に引かれて行った。

「食い物を与えたら改心《かいしん》するじゃろうて。そうなったら、仲間に入れてやって働かせてやればええが」

与一は寛大《かんだい》だった。

農作業となると、女達はがぜん張り切る。夜明けとともに、もくもくと稲束を背負って山道を上り、

「ほいさほいさ」

と穂木にかけていく。

「そろた、そろうたあよ、ちょいな、担ぎ手がそろうたあよ……」

「豊年だあ、万作だあ」

「米のなる木にようを、を、こら、金がなるよう、ちょいな……」

そのにぎやかな事。「よいやさ、よいやさ」の掛け声に混じって歌が次から次へと飛び出す。その中に野武士にさらわれていたあの少女、加代ちゃんの晴れやかな高音が光っていた。

(それにしても、逃げて行ったあの女、この先どうするんかなあ)

ぼんやり加代ちゃんの後ろ姿を見送っていると、

「あの女、怪我人の面倒《めんどう》をみてやってるんだろうさ。大丈夫。きっと元気になって出て行くさ。その内にな」

与一が光に笑って見せた。

穂木に稲をかけ終わった夜半《やはん》、雷鳴がとどろき始め、どしゃ降りの雨となった。

「それにしても、山名さんが見えないようだが。山名さん、どうされたのかな。そう言やあ、勇作さんの姿も見えんが」

この二人を光はずいぶん見かけていないことに気づいた。それには答えず、与一は、もくもくと弓矢や槍の手入れに余念《よねん》がない。光もそれを手伝う。

このところ、この二人、いっしょに仕事をする中、お互いにすっかり打ち解けあい、光は時々与一の姿を目に追っている自分に気づいてはっとなることがある。そんな時、いつか来る別れが思われてきて、いっそのこと、このままここに、この時代に留まれたら、それはそれで、いいのかなとさえ思ってみたりするのだった。そして、今でも光を「宇宙人」と呼ぶ与一は、自分のことをどのように思っているのだろうか。まさか、未来からタイム・スリップして来た人間などとは思ってもみないだろうが。そんなこんなに思いをはせると、むしょうに寂しくなる光だった。そんな思いでぼんやりしていると、思い出したように、

「ああ、山名さんか。山名さんはなっ、次の戦に備えて少々遠出しておられる。あの御仁《ごじん》は、さすが軍師、切れ者よ。弥宗太さんのご縁で、こんな所に留まってくださってはおるが、ほんにほんに有難《ありがた》いことよ」

思案気な目を向ける与一だったが、雨音に何を思いついたのか、突然立ちあがり、さっと蓑《みの》をはおると、

「善助、善助。茂じいを呼んで来てくれ」

そう叫ぶが早いか、もう外に飛び出して行った。あわてて光は後を追う。与一は砦の出曲輪《でぐるわ》に立って、刻刻増水していく川をじっと見つめていた。あたふたと茂じいがやって来ると、与一はやおら言い放った。

「川下の堰を閉めろ。そして土嚢《どのう》をどんどん積んで、堰をもっと高くするんだ。さあ、

皆を集めて、すぐに取りかかってくれ」

（もう田に水はいらないだろうに。与一、何を考えているんだろう）

台風まがいの大雨は、次の日も次の日も降り続いた。そうして川幅はずんずん広がり、川岸を越えた水は岸から氾濫《はんらん》し、川向うもこちら側もすっかり水びたしにして行くのだった。


やがてようやく数日降り続いた雨が上がった。青空がのぞき、砦に清々しい涼風がたった。一足飛びに季節が変わったように思える。

「これで稲穂が乾く」

「さあ、広げて乾かそうで」

「早く米が食いたいなあ。新米はうめえでな」

女達がそわそわとうごめきだした。

そんな砦に山名が馬に乗って戻って来た。増水で堀のようになった川を避《さ》けたものとみえ、西門に続く険しい山道をたどって帰ったらしい。あとに続く勇作もまた馬に乗っていた。大きな荷を乗せた馬を三頭曳《ひ》いていた。

そうして、早速勇作の指揮のもと、川岸に柵の杭を廻らす作業が始まった。川下の高くした堰から下村境までと、板橋から西村境の堰までの間の川岸には、洪水に備えて前々から竹を植えていたのだが、それが今ではしっかりと根づき数メートル巾の藪《やぶ》にと茂っていた。急ぎ、その竹藪の切れ間の、正面の川土手に防御《ぼうぎょ》柵を廻らすというのだ。そしてその二つの堰の側には、簡易《かんい》でもいい、急ぎ櫓《やぐら》をそれぞれ建設すると言う。鬼山の悪党を今度こそ退治しようと大挙《たいきょ》してやって来る役人を絶対阻止《そし》するという覚悟《かくご》の準備だった。しかも竹藪の所々には防御用の大きな盾《たて》も設置しようというのだ。そうした一方、残りの村人達は総力をあげて武具と武器造りに精魂傾《せいこんかたむ》けていた。山名がどこからか持ち帰った材料を工夫して、村人なりの防具やら槍や弓矢がちゃくちゃくと作られていった。

そんな中、年貢とりたて役人を逃れようと、裏山伝いに下村の女子《おんなこ》どもがぽつぽつ砦に避難《ひなん》して来ていた。

そうして、その時がやって来た。

秋も深まった朝のことだった。川霧がじょじょに晴れて行くと、その川向うに騎馬《き》武者数人に率《ひき》いられた武装した地下侍が集結していた。

「あの山にたてこもっとる悪党どもを、今日こそは征伐《せいばつ》してくれようぞ」

「者《もの》ども、かかれ」

その数はせいぜい五、六十人ばかりだった。長引く戦に大方の侍は駆り出されていたから、地元に残っていた侍やその下で働く地下侍を集めた、かき集め軍団と光は見た。

打穴川は川幅がずんと広がり、このところの冷え込みで冷え切った水を溢《あふ》れんばかりにたたえていた。

与一は鬼山砦の出曲輪に立って全体を見渡し采配《さいはい》を振るう。光の率いる一団は、水の引いた田から、時には川土手から弓を引き矢を射る。堰に設けた櫓に陣取っている善助達は、至近距離《しきんきょり》から騎馬武者をじっとねらっていた。

「その堰を切り落とせ。この川の水を流し出せ」

大将らしい武者が徒侍《かち》に命令を下した。川端で渡ろうかどうしようかと、うろうろ思案している兵に、業《ごう》をにやしたのだろう。兵の数人が堰を壊そうとバタバタかけ下って行く。そこに向けビュンビュン矢が飛んだ。櫓に潜んでいた善助と村の衆だ。鬼山砦の兵達は山名にもうずいぶん訓練されていた。あっと言う間に役人達はばたばたと倒れて行く。

「どんどん矢を放てえ」

光の掛け声に、竹藪の盾の陰から、藪越しに一斉に矢が射られた。

「ひけー、川岸を離れろー。全軍、川上に移動だ、移動開始」

そう叫んだ騎馬武者が、竹藪にひそんでいた村人の矢に胸を射《い》られ、ドサッと落馬した。それでも攻撃《こうげき》軍はバタバタと川沿いを川上へと移動を開始する。

「それっ、奴《やつ》らを追え。皆、おくれるな」

光の一団も、川土手を川上へと走る。

そうして川上の堰までかけつけて行くと、

「わあーわあー」

「ぎゃあー、逃げろう」

すでに役人の兵達は、小鮒《ぶな》が逃げ惑《まど》うように散り散りに逃げ惑っていた。上の堰の櫓には、茂じいとその手の者が手ぐすね引いて待ち構えていたのだった。おまけに、馬にまたがり、鎧兜《よろいかぶと》で武装した山名と勇作の率いる武装軍団が、この混乱に乗じ背後からどっとおそいかかっていたのだ。これは手強《ごわ》い、勝ち目《かめ》がないぞと、地下侍やその手下どもにあせりの色が見え始めた。実際、もう逃げるが勝ちというところだろう。守護や地頭といった領主が長く不在のこの折り、命をかけてまで戦う必要は彼らには無いのだった。自分のふところに入る年貢が取れないと分かれば、深手《ふかで》を負わない内にさっさと退却《たいきゃく》し、他を当たればいいという連中の集りだった。

この戦にしっかりと備えていたかいあって、思いの他あっけなく勝利をおさめ、一同砦に引き上げ、

「えいえい、おう」

と勝鬨《どき》をあげた。数名の負傷者は出たものの、幸い、命を落とすほどの者は出なかった。

「やった、やった、ほんまで。わしらはほんま、やったんだぞ。ばんざーい」

「さすが山名さんだ。色々とご伝授《でんじゅ》下さって、ほんとに助かりました。ありがとうございました」

「いや、勇作。お主《ぬし》もすっかりようなった、りっぱになった。よう戦ったぞ」

砦広場に集結してきた村人は、お上に逆らったこの大戦の、思いもかけない大勝利にすっかり興奮のるつぼにはまっていた。晴れ晴れとした顔で互いに抱き合い、肩をたたき合い、

「わあわあ」「それそれ」

と踊り騒《さわ》ぐ。

「こりゃあ、一遍《いっぺん》、祝杯《しゅくはい》をあげにゃあおえんなあ」

与一は鎧を脱ぎながら、喜びに湧き上がるそんな村人に軽く手を振り城に入る。おやっと光は目を見張った。与一は花柄の小袖を着ていた。鎧の下の着物は、何とカーキ色の男物ではなく、いつか女装だとほざいた、あの日の花柄の小袖だった。

やがて、戦況をうかがっていたらしい周りの村々の長達が、裏山の山伝いにぞろぞ

ろやって来た。

「おめでとうございます」

「うちの村に役人がやってきたら、その節《せつ》は何分よろしゅうお願いしますぞ」

「うちの方もたのみますで」

手をもみ、へこへこ愛想《あいそう》を振りまく。

「ああ、ああ、分かった。じゃが、今年はもうやっては来まいと思うがの」

与一は快諾《かいだく》。そして本題にとりかかる。

「ところでだ、ため池造りなんじゃが、下村の衆はご協力願えるじゃろうかな。当方、雪がつく前に始めときたいんじゃが」

「ええ、ええ、ようがす。人夫《にんぷ》を出しましょう。その代わり、その分、わしらの村に水を分けて下せいよ」

「そりゃあ、もちろんじゃ。おたがいさまじゃ。おたくも今年は凶作《きょうさく》でお困りじゃろうから、その分人夫賃は、できるだけはずみますぞ。昼のまかないの方も、この際思い切りふんぱつしますでえ」

「そりゃあええなあ、うちらの腕の見せ所よな」

すかさず上がる弾《はず》んだ少女の声に、回りのおばさんらが一斉に皆うなずき返す。加代ちゃんだ。

「そう決まりゃあ、次は祝の祭じゃな」

茂じいの顔が輝いた。

「山王様の祭じゃ。長い事途絶《とだ》えておったが、今年はこりゃあ、できるぞ。やろうでな。戦勝祝の宴《うたげ》じゃ。それに、池普請《ぶしん》のお祓《はらい》と前祝も兼ねてな。こりゃあ、早いほうがええな、どうじゃ、五日先ではどうかな、なあ、与一、どうじゃな」

「よかろう。そう決まりゃあ、早速準備にとりかかってくれ。この大戦の勝利祝じゃ、この際、盛大にやろうぞ。ああそうだ。下村の衆もおいでくだされや。子どもたちも連れてな」

「いやあ、それは嬉しい。みんな凶作《きょうさく》で、すっかり力を落としておりやすで、こりゃあ喜びますらあ」

「西村のもんは行っちゃあおえんかな」

初老の男が、えんりょがちに与一の顔をうかがう。

「えっ、そりゃあ、ええぞな。来る者は拒《こば》まずじゃ」

「じゃあ、そうなると、どぶろくがたんといりますな。足《た》りますかな」

茂じいが一瞬思案顔になる。茂じいは以前からこっそりとどぶろくをしこんでいた。

「はっはっはっ。ここで、吐《は》き出せ、吐き出せ。あるだけ、ふるまえ。こりゃあ、わしも楽しみじゃ」

山名が愉快《ゆかい》そうに笑った。

砦中が祭の準備にと浮かれ騒ぐ中、与一が光に目配《くば》せ、ちょっと、と手招いた。

「岩屋の様子を見に行こうと思う。いっしょに行ってくれるか。あの女がちょっと気になっておってな」

「ええぞ、よし、行こう」

光も、何んか心にかかっていた。あの暗い目がやけにちらちら胸をよぎっていた。

捕まえていた野武士の内の一人は、そろそろ国に帰してくれと申し出ていたし、もう一人は今や仲間に同化して働いている。

次の日、日のある内にと、与一と光は武装して、堰の川下を岩伝いに渡り、岩屋の山を上った。山はすっかり紅葉していて、岩端のツタウルシの葉が澄み渡った夕空に照り映えていた。

足音をしのばせ、二人は洞穴に近づく。そしてそっと岩壁伝いに中に歩を進めた。暗闇に慣れてきた目に写ったのは、もぬけの殻《から》の野武士の廃墟だった。

「ああ、良かった。もうどっかに出て行っていたんだ。ひょっと死体が転がっとりゃあせんかと心配しとったんだが、うん、こりゃあ大丈夫だな」

与一は心からほっとしたようにつぶやいた。たき火の跡が生々しい。鍋や椀が散らばっていた。

（考えてみれば、かわいそうなもんよなあ。食い物も無く、今頃、どこをどうさすらっているだろうか）

洞穴を出て、見渡した群青《ぐんじょう》の空。そのずうっと東の端に、以前に見たあの燃えるような星がまたたき始めていた。時はいつか移ろい、すっかり晩秋の空になっていた。

山道を下って行く与一の後ろ姿を目に追いながら、光の心はずんずんと深い海の底に沈んで行くような気分におそわれていた。

(ここを去る時が、与一との別れが、ほどなくやって来る)

ひしひしとそんな予感が脳裏《のうり》をよぎった。

(与一はその時どうするだろう、どう思うだろうか。またしょげさせるのかなあ)

そうして祭の夜がやってきた。

砦の向かいの山、その頂上広場に、山王様のお社《やしろ》が再建され、宴席の準備が整った。

晩秋の上弦《じょうげん》の月が村落を照らしだし、提灯《ちょうちん》に火を入れる頃となった。

下村から、西村から早々に子どもたちがかけてやって来た。ござの上には黍《きび》の団子やくずもちの皿が並んでいた。少し遅れて村長達もやって来た。

一同、お社の前に座り、山王様に五穀豊穣《ほうじょう》と村の安泰《あんたい》を願う祈りをささげた。そして池普請の安全成就を願った。それから戦勝祝の酒盛りとなった。先ず、山の神との杯《さかずき》ごと。それがすむと、皆うちとけ飲み交わす。野武士との戦いやこの度の一揆まがいの大戦、それらのよもやま話で座はやんやと盛り上がる。こっそりと作っていた茂じいのどぶろくが、ここでおおっぴらに日の目を見ることとなった。

（あれっ、ここ、来たこと、あるぞ）

光は、十年ほど前に亡くなったひいおばあちゃんと、何度かこの尾根道に来たことがあった。それを思い出したのだ。

「ここら辺《へん》には、よう茸《たけ》が生えようたんで」

おばあちゃんはなつかしそうに光に話したものだった。光は月光に青白く照る山の細道をぶらぶら歩きだした。光の前を、おばあちゃんの小さな幻《まぼろし》がすたすた歩いて行くように思えた。幼稚園児のあの頃がふっと心をよぎる。

（すっかり朽ちた小さな社が石積みの上にあったな。その近くの落葉の道に、黄色いシメジという茸《たけ》がみっしりと列をなして生えていたっけ）

「おおい、宇宙人よ。どこに行くんだ」

後ろで声がした。与一だった。与一はあの花柄の小袖に今日は緋色《ひいろ》の袴をはいていた。元気になった母親が糸を紡《つむ》いで織《お》ったものだそうだ。

二人は並んで山道をそぞろ歩く。

「村長達、ほっといていいのか」

「ああ。兄ちゃんにまかせた。あんちゃん、ずい分張り切っとる。ため池造りには本気で燃えとる。あれならやれるわ。昼も夜も図面をひいて計画を練《ね》っとるで。池が崩《くず》れんように頑丈《がんじょう》な土手を築かにゃあならんとか言うてな。それに下村の方へ流す井手《いで》も考えに入れとるようだ」

「そりゃあ大変な工事になるなあ」

「ああ、でも兄ちゃんなら、大丈夫だ。それに村の衆がすっかりもう団結しとるでな」

「そうじゃったな。よかったなあ」

「ところで、宇宙人、お前はどこの何者なんだ。ずうっと気になっとったんだ。宇宙人というのは、本名か」

一瞬、何もかも真実を話してしまおうかという衝動《しょうどう》にかられた。

（でも、言ってみても、分かんないだろうな）

あわてて空を仰ぐ。星が降るような冷たく澄んだ空。ずいぶん西に移ってはいたが、天の川がうっすらと白い雲のように見える。

「見てごらん、西空のずうっと向こう。たくさんの砂のような星の川、見えるだろ。天の川というんだ」

光が指さす西空にあの織姫のベガがまたたいていた。そして牽牛星のアルタイルも。

「ほら、あの星、青白く輝いてる、あの星よ。あれが与一、いや、小夜さんの星だ」

「へええ。で、宇宙人の星は、どれ？　ないのか？」

「ふふっ。あるぞあるぞ。ほら、天の川をへだてて同じように光ってるあの白い星、あの星がおれの星さ。あの二つの星はな、年に一度、天の川を渡って会うんだってさ。おれの国の伝説なんだけどな」

「へえ、そうか」

「与一――、客が帰るってよう。すぐ来てくれって、兄ちゃんが呼んどるぞう」

善助が息せき切ってかけて来た。

「おお、わかった。ちょっと行って、挨拶《あいさつ》してくらあ」

与一は善助に伴われて広場に戻って行く。途中、何を感じたのか、空のあのベガを指さし、ちらっと振り返って、にこっとほほえんだ。

辺りの梢《こずえ》を鳴らして冷たい風がヒューと吹き込んで来た。月明りの道にカサコソと落葉が乾いた音をたて吹きさらわれていく。与一の姿は山道の角を曲って、もう見えなくなっていた。

○

「クウン、クウン」

頬《ほお》を生暖《なま》かいものがぺろんとなめた。

「寒い、おお、さぶさぶ」

光は目を開けた。辺りはすっかり暗くなっていた。草むらから湧き出すような虫の声。見上げたま上にベガが光っていた。川向うのわが家の前の交差点が、街灯のＬＥＤの青い光に照らし出されていた。ぶるぶるっと身震いして、立ち上がった。

「ああっ、ああ……。ついにさようならか。さらば、与一」

（ああ、あ。ああっ、そうだ、宿題せんならんな）

芝犬のロッキーに引かれ、光はとぼとぼと山を下っていった。

3

「ああ、あ。そろそろ出て行かにゃあ、なっ。予備校の入校式に間に合わんわあ」

光は締《し》め切っていた部屋のレースのカーテンを、左右にジャラッと引き開けた。向こう、真正面の鬼山が、ぱっと目に飛び込んで来た。頂上を薄紅色に染めて桜がちょうど満開だった。

「わあ、桜だ。きれいだなあ。そうか、もうそんな季節になっていたんだ」

光はこの春大学受験を失敗した。絶対大丈夫と思っていた第三志望の私立大を落ちたと知った時はすっかりまいってしまった。どうしたものかとお先真っ暗。ふさぎ込んでベッドに潜《もぐ》り、二、三日、ふて寝を決めこんでいた。そんな時、

「おい、どうしてる」

野中健治からメールが届いた。

「おれもだめだったんだ。いっしょにO《オー》市の予備校に行かんかや。それだって、早く手続きせんとおえんらしいで。下宿を探さんとおえんが。ぼやぼやしとれんぞうっ」

「うそ、そうか。へええ、おまえもか」

光は内心ほっとした。悪いけど、一人じゃないんだ、健治もいっしょなんだ、そう思うと、すこし元気が出て来た。不思議だ。そこでようやく予備校行きを決めた。そうして健治のお父さんの伝手《つて》で、健治と二人で暮らすコーポの良い部屋を押さえてもらうことができた。友は持つもんだ。しみじみとそう思った。そうして、あとはO市に出発するだけというところまでこぎつけた。でも、もひとつ気分がしゃんとしない。

沈んだ心をもてあます光だった。

そこで、光は納屋《なや》から自転車を引き出し、久しぶりに、桜を見に出かけることを思いついた。鬼山の桜を横目にちらちら眺めながら、川沿いの道を北に向かって走る。三キロほど行くと小学校一年生の時だけ通った、統合で廃校になった小学校に行き着いた。ここにも桜が咲いていた。すると校舎の窓からぼんやり眺めた桜並木の土手が思い起こされた。その土手の桜を眺めつつ、自転車をゆるゆると進める。すると、「作楽《さくら》神社」という石の道標《みちしるべ》が目に留まった。

「行ってみよう」

参道を進み、鳥居《とりい》を抜けると、駐車場に古びた看板が立っていた。

「美作の守護の館址《やかたあと》」と書かれていた。興味をそそられ、社務所に置かれていた栞《しおり》を一部拝借《はいしゃく》、読んでみる。

「今を去る六百数十年、後醍醐天皇が北条高時のために隠岐《おき》に流される途中、この館にお宿りになった。時に、備前の人、児島高徳《たかのり》は、天皇を奪《うば》い勤皇《きんのう》の義兵をあげようとしたが失敗に終わり、おりから館の門の前に春雨に濡れて咲いている桜の幹を削り、『天勾践《てんこうせん》を空《むな》しうするなかれ、時に范蠡《はんれい》なきにしもあらず』と十字の詩を書いて帝《みかど》をお慰《なぐさ》めし、立ち去った。江戸時代になって、津山藩の家老が荒廃していた館跡に碑を建立し、高徳の誠忠《せいちゅう》を検証《けんしょう》した。その後、幕末《ばくまつ》に後醍醐天皇を祀《まつ》る神社、作楽神社となった」と書かれてあった。

（へえ。ええっと確か、そうだそうだ、正中《しょうちゅう》の変《へん》というのがあったっけ。そして後醍醐天皇が千三百三十一年に隠岐に流されたんだった。そうか、隠岐に護送《ごそう》される途中、ここに泊《とま》ったんだな。だけど天皇は二年後には流刑《るけい》地、隠岐を脱出《だっしゅつ》したんだったよな）

そんなことを思い出しながら、参道を拝殿《はいでん》へと向かう。広い敷地は長い間充分手が施《ほどこ》されていなかったみたいで、どこか荒涼としていた。満開の桜はほとんどが若木なのだ。草むらに金貨をばらまいたようにたんぽぽが咲いていた。

（そうか、ここは、昔、守護の館だったのか。鎌倉から室町《むろまち》時代の頃だろうな）

杜《もり》はまだ冬木のまんま。一陣の突風がどこからか足元に白い花びらを運んで来た。山桜の花だった。

コンコン、コツコツ。ゴーリゴーリ、ゴーリ。

(何だ)

と目を上げた。すると、あれれっ、社《やしろ》の森は跡形もなく消え失せていて、春の陽光の中を、大勢《おおぜい》の男達がかいがいしく働いている情景が目にとまった。大きな丸太を鋸《のこ》で挽《ひ》いている者、ちょうなで木を削《けず》る者。拝殿のあった辺りでは、太い大木を組んで何か大きな建物を建てているまっ最中のようだった。

「ああっ、まただ。おれ、またタイム・スリップしたらしいぞ。じゃあ、今度はいったい何時《いつ》の時代だ」

「おい、そこでうろうろ、何をしとる。おい、そこの、お前だ。何もんだ、お前は」

建築中の白木の建物の上から、中折れ烏帽子《えぼし》の男が大声で光を呼び止めた。その声に周りの男らが一斉に光に目を向けた。

(やばい!)

とっさに向きをかえ、すたこら鳥居の方に駆けだした。しかし、さっきくぐったはずの石の大鳥居は、もうなかった。もちろん、止めていた光の自転車も無い。

「ちぇ、弱ったなあ。これからどうするかいなあ」

光は思案しながら堀の石橋を渡り、

(さああて)

と、とりあえずとぼとぼ歩き始める。

(おれ、今、こんなところに引っかかっている場合じゃないんだけどなあ)

でも、こうなったら、何とかこの状況で生きて行くしかしょうがない光なのだった。

(今、いったい何時代だろう)

しかたなく、光はわが家のある南の方向をめざして歩き出した。

道端に出会う村人の服装は以前タイム・スリップした折のものに似ている。菜花が日に照る畑に老女が立っていた。鍬を打つ手を止め、光を珍しそうに眺めていた。

「あのう」

と声をかけた。

「鬼山砦を知っていますか」

「なに、鬼山砦。あの砦に行くんか。お前、どこのもんなら。鬼山砦の辺にうっかり迷い込むとえらい目に合うぞ。頭目、与一様は、うち等は守って下さっとるけええええけど、よそ者にゃあ、そりゃあ、怖い人ぞ。今、久米の荘園をめぐって、何とまあ、備前の守護大名様を相手に戦をしかけとるということじゃ。近づかん方がええ。いつ戦が始まるやもしれんけえな。巻きぞえでも食らったら、怖いぞ。危ねえ危ねえ」

「そうか。与一らの時代か。与一は健在なんだな」

ほっと胸をなでおろす。与一の面影《おもかげ》がすっと心によみがえる。

(会いたい。何としても会いたい)

「ありがとう」

光は与一のもとへ、鬼山へと歩を早めた。胸に懐《なつ》かしさがふつふつ込み上げてくる。

(与一に会いたい。ああ、また会えるんだ)

(良かったあ、またあの時代で、ほんとよかった。助かったあ)

その時だった。

「あれれっ、宇宙人さんじゃあないか」

馬車を引いた男が側を通りかかった。

「わし、わしだ、わしだよ」

「あれえ、善助じゃあないか。こりゃあいい所で出会った。これからどうしようかと困っていたんだ」

馬のくつわを取って、荷車を引いていたのは、与一の弟の善助だった。善助の馬車の後ろにはまだ数台の馬車が続いているようだった。

「久しぶりだなあ。だけどひどいなあ、あんたって。いつも突然やって来ては、また突然どろんといなくなるんだから」

「ごめん。ちょっと事情があってな」

「そうだろうな。不思議なお人だ。まっ、いい。ところで、こんな所で何してんだ。働き口でも探してるのか。もしかして、そこの建築場で働きたいのか」

「いや、そういう訳でもないんだが……」

「いいぞ。兄《あに》さんが棟梁《とうりょう》をやっとるから、口きいてやってもいいぞ」

「勇作、棟梁なんか。そうか、ずっと前、ため池を造るって張り切っとったもんなあ」

「そうなんだ。兄さん、今、院の荘のこの地に、作州府の館を建てる仕事を請け負《うお》ってるんだ」

善助が建築中の館の方を指さした。さっき棟木《むねぎ》の上から光を大声で呼び止めたのは、もしかしてその勇作だったのかもしれないな、と後ろをふりかえる。

「ほう、勇作、やるじゃん。それで、善助は、そこに材木を運んどるってわけだ」

「いや、わしはまた別の仕事だ。馬借《ばしゃく》（※運送屋）をしょうる。領主や地頭の荷物を運んだり、年貢を運んだり。最近じゃあ、荘園や領地で働く地下人《じげ》や百姓が内職で作った品物を、市《いち》や問《とい》（※問屋）に運んで売ったりしとる。まあ、色々と、忙しゅうしとる。与一が戦をするとなりゃあ、いっしょに戦いに臨《のぞ》まんといけん。じゃからそのためにも色々と、な」

「与一、元気にしとるか」

しょうがなかったこととはいえ、黙《だま》って戻って来てしまったにがい思いを、ずうっと抱え続けている光だった。

「ああ、元気だぞ。大部あっちこっちの砦を傘下《さんか》に従えて、今や、大悪党だ。元国司や守護あがりの大名並の大悪党よ。そしてある意味では領主様だ。兄さんやわし等も、ひと声かかれば、はせ参じるってすんぽうよ」

（ちょっとの間に与一は大きくなったんだなあ。領主様か。やはり、小夜には戻れないんだな）

女物の小袖を身に着け、はにかんだあの与一の顔を思い返す。

「どうする。鬼山砦に行くか」

善助の明るい声に、はっと現実に返る。

（よかったあ。他所《よそ》の悪党に拾われんで良かった）

「うん、そうだ、頼む。鬼山に連れて行ってくれ」

「よかろう。ちょうど荷物を届け終わって、これから帰るところだったんだ。いっしょに帰ろう。与一、びっくりこくぞ。うっふっふっふ」

そうして光は馬車の荷台に乗せてもらって、春耕前の田の間の道をゴトゴトひかれて行った。

「だけど、今までどこでどうしていたんだ。この前も、心配してそりゃあ探したんだぞ、皆で手分けして、あっちこっちをよう」

「ごめん、悪かった。ほんと、申し訳ない」

それ以上何と申し開きができると言うのか。とっさの事で思いもつかない。ただ両手をすり合わせ、頭を下げるのみの光だった。山肌は白っぽく黄緑や薄紅色に萌《も》え始めていて、点々と白く輝く山桜や辛夷《こぶし》の花が浮き出て見える。善助の馬車は川沿いのでこぼこ道を、光をのせて鬼山砦へと進んで行った。


鬼山を取り巻く川は水を満々とたたえた堀に変わっていた。堀を渡した橋の両脇にはしっかりとした櫓が立っていて、厚い門は閉《し》まっていた。善助が指笛を吹くとギイーッと左右に開かれた。

山裾にあった田んぼは、広場や馬場、それに弓や剣の武道場にと変わり、兵舎や厩《きゅう》舎《しゃ》が軒《のき》を連ねていた。そして見上げる鬼山砦は、以前にも増して堅固《けんご》な城にと変貌《へんぼう》していた。馬車を下りて、善助と鬼山の坂を上る。

「与一、驚くぞ。お前の顔を見たら」

「ぶんなぐられるかな。いや、『出ていけー』と追っ払われるかもしれんな。そうなったら、善助、何とかとりなしてくれよな。おれ、今、ほんと行く所、無いんだ」

「分かった。何か事情があるんだろうとは思っていた。まあ、やってみる。心配しなさんな」

　そうしてびくびくと砦の門をくぐる。


「宇宙人？　宇宙人が帰って来たって」

与一が飛び出して来た。そして光の顔を見ると、つかつかと近づいて来るなり、光の胸倉をむんずとつかんで、

「今までどこに行っておった。この大ばかやろうが」

と、しめあげた。そして、

「今頃のこのこ帰って来て、そうやすやすと仲間に入れると思うとるのか、このばか」

目をつりあげた。

「まあまあ、まあ」

と善助が間に割って入って、与一の耳元に小声で何かこちょこちょささやいた。

「そうか、海の向こうからか、ふうん、そうか。国に連れ戻されとったんでは、仕方《しかた》ないのう。ふうん、縛《しば》られて……、そうか」

ちらりと光を見やる眼差が、幾《いく》分和《やわ》らいだ。

光はうなだれてその場にひざまずいた。

「ごめん。黙って帰ってしまって。よんどころない事情があってな。すまん。ところで、言いづらいんだが、しばらくやっかいになるわけにはいかないだろうか。もっか、行く所が無いんだ。手下としてこの砦で雇《やと》ってくれんかなあ。何でもするから」

「いつまでだ」

与一は手厳《てきび》しい。

「分からん。おれにもそれは分からん。言えん。どうしていいんか、目下悩《なや》んどる。どうか助けてくれ」

与一がその言葉をどう解釈《かいしゃく》したのか、その目が優しくなった。

「でも、与一に会えて、おれ、嬉しいんだ。ずっと会いたかったんだ。でも自分の意思ではどうにもならなかった、来れなかったんだ」

「まあ、ちょっと考えさせてくれ」

与一はぷいと立ち去って行った。光はその場に坐《ざ》したまま、ひざに置いた両こぶしをにぎりしめた。

(本当の事を打ち明けられたら、楽なんだが……)

「くっ、くっく」

と、嬉しそうな善助。

「おい、もういいよ、立て。わしの曲輪に行こう。大丈夫だ。その内、与一は許してくれるさ」

そこで光は善助にくっついて一段下の段の曲輪へと下りて行った。

「宇宙人さん、戻って来たんだって」

途中の道に加代ちゃんが待ち構えていた。

「あんた、与一さんを助けて、なにか武功《ぶこう》をたてるんだね。今はそれが一番。ふっ、ふふっ。与一さん、本当はとっても喜んでいるはずだからな。わしにはそれがよう分かる。幼馴染《おさななじみ》だもん。でも、あんなに心配させたんだから、すぐに許すってわけにはいかんわなあ。与一さん、あれで、本当は優しいんよ。野武士の頭目を許してやって、鬼山砦の仲間に入れてやったんだから」

「えっ、そうなん。善助、それ本当か」

善助がにがにがしい顔で加代を振り返った。

「うん、そうだ。わしの荷馬車を襲撃して来たので、手下の護衛《ごえい》の兵に捕《と》らえさせた。打ち首にしようということになったんだが、そこを与一が助けた。おまけに手下として雇い入れたんだから。でもな、今じゃあ、この軍団でぞんぶんに力をふるっとる。あいつ、なかなか大した奴でよ、龍《りゅう》という名で呼ばれとる。も一人、太っちょがおったろ、あいつもなかなかいい働き手になった」

「ほほう」

「岩屋でわしをずいぶんかぼうてくれたおばさん、滝《たき》さんも、いっしょに働いとるんよ、ここで」

加代がさもうれしそうに目を細める。

（そうか。与一の奴、あいつらを助けていたんだ）

すっと心が軽くなるような気がした。

「いいとこ、あるやん」

そうして光は善助の小屋で暮らすこととなった。

翌朝にはもう、光の事は城のすみずみまで知れわたっていた。皆の目は暖かかった。

光は何ら警戒する必要もなく、かってに城内を歩き回り、広場に出かけて行っては、弓や剣の錬成《れんせい》に加わり、馬場に行って乗馬の特訓を受け、馬上の戦闘《せんとう》訓練にも加わることができたのだった。しかもどこに行っても、兵士達は光に手加減《かげん》をするということはなく、一兵卒《へいそつ》として徹底《てってい》的に光をしごきあげる。だからたちまち手には血豆ができ、筋肉も骨もヒイヒイ悲鳴をあげた。そして足腰たたないほどくたくたになって、床に死体のように眠るという日日が何日も続くのだった。そんな日日だったから、与一には全然会えなかった。でも何か充実していた。今は会えなくても、元気な与一がこの城のどこかにいるんだ、そしていつかその心を取り戻せる機会が来るはずだと思うと、それだけで充分満ち足りていた。

「よおっし」

与一を喜ばせる働きをしてみせるぞ、そんな思いが荒稽古《あらげいこ》の体をもたせ、精進《しょうじん》の心をつないでいった。そんな光をどこかで見ていたのだろうか、あの野武士の二人が突《とつ》然《ぜん》近づいて来た。

「ようがんばっとるなあ。しごき、きついだろう。でもまあその内、慣《な》れるさ。そうじゃ、こっちもいつぞやのお返しをせんならんよな。よっし、わしらもしごくぞ、覚《かく》悟《ご》しろや」

と、毛むくじゃらの顔の、鋭い目が微笑《ほほえ》んだ。そしてその時から、野党ならではの戦い方を色いろと教えてくれるのだった。

「根性《こんじょう》があるのは前から分かっとったが、お前さん、よう頑張《がんば》るな。これならええ武将になれるぞ」

野党の頭目、龍は口は悪いが優しい男だった。体と体をぶつけての訓練のうち、だんだん心通う間柄《あいだがら》になって行った。

「山名さんが『故郷に帰って死を迎えたい』と国に帰ってしもうた後、龍は与一の片腕として、この鬼山砦を支えてやろうとしとるみたいなんだ。昔の仕打《しう》ちをうらんで、わしらが首をはねろと騒いだのを、与一が止めてやったのに恩義を感じたんだろうかな」

疲れ切ってうとうとしていたいつかの夜、善助がそんなことを話してくれたことがあった。


そうして数か月たったある日、早馬《はやうま》が砦の門をたたいた。

久米の荘の荘官の手下の侍だった。すぐに城の与一の部屋に、主《おも》だった家来衆が集められた。善助がいそいそと出て行った。光は部屋に取り残された。

(与一はまだおれを許してくれないんだな。無理もない。どこの誰とも分からないおれだものな)

無性に寂しかった。

しばらくして、善助があたふたと戻って来た。そして戦支度《いくさじたく》に取り掛かりながら、

「おい、お前も行くんだ」

いきなりだった。

「久米の荘園が備前守護の松田の軍に襲撃《しゅうげき》されそうなんだ。加勢《かせい》に行く。あそこは法《ほう》然上人《ねんしょうにん》の出所《でどころ》で、寺院の北の荘の僧兵とは我ら前前から懇意《こんい》なんだ。何かあったら頼むぞと、加勢を頼まれとったんだ」

「よし、おれも行くぞ」

「そうだろう。そうこなくちゃあ。お前、この際、与一にいいとこ、見せなくちゃあな。おおい、宇宙人の戦支度《いくさじたく》を用意してやってくれ」

そう言うと、

「今は南朝の形勢がすこぶる悪い。後醍醐天皇が亡くなって、今のところ、北朝方が優勢だ。南朝方の荘園は、足利《あしかが》方に組みして働いた武将達の切り取り御免の状況だ。ここでも守護が攻《せ》めて来ようとしている。荘官の手勢は手薄《うす》だ。寺の僧兵が加勢に来たとしても、しれとる。こりゃあ絶対危ない。助けにゃあならんのんだ。おい、さっさと準備をせい」

善助にせかされ、おばさん二人に手伝ってもらって戦支度を整えると、光は広場に駆け下りて行った。

広場には軍勢がもう勢ぞろいしていて、中央に馬に乗った与一が毅然《きぜん》と立ち、その周りを数十人の騎馬武者達が取り囲む。その前には整然と並んだ歩兵の軍団が与一の命令に聞き入っていた。

善助は馬借《ばしゃく》の馬方《うまかた》や武装した輸送《ゆそう》警備の者ら総勢数十人を従え、与一の軍に加わる。そこで、光もこの際、この警備の兵達の中に加わることになった。

善助隊が先駆《さきが》けとしてまず出発した。荷車には大量の材木や縄や松明《たいまつ》やその他、籠《かご》や麻袋等がたくさん積まれていた。不審《ふしん》に思って側をゆく男に、

「これ、何なんだ。どうするのだ」

と聞くと、その男は隊の後ろをすっと指さした。善助隊のずうっと後ろに勇作の率いる大工や土木の技能集団がぞろぞろ続いていた。そしてそのしんがりに加代と滝さんの率いる女軍団がガタゴトと重そうな荷車を引いて付き従っているのだった。そんな後の方の部隊にまでは、光の目はおよばなかったが、その荷車にはぴたりと忍びの者が張り付いて警護していた。忍びの者達は、平生《へいぜい》は問丸《といまる》や市に品物を運んで売る商人としての生業《なりわい》の者達で、馬借の一面を持つ善助に従っている者達だった。

一時ほどで、久米の南の荘園に軍団一行は到着し、すぐさま戦闘準備に入った。

ここまで迅速《じんそく》に行動したので、まだ敵には気づかれてはおらず、戦闘には充分間に合った。僧兵達がこれまでの小競《ぜ》り合いを持ちこたえ、今のところ大打撃《だげき》は免《まぬが》れていた。

早速勇作の部隊が堀の内側に盾となる塀《へい》を廻らし、東西南北に櫓を建てる作業に取り掛かった。善助の配下の者達もこぞってそれを手伝う。何しろ、備前守護の軍は大《たい》挙《きょ》してこちらに攻《せ》めて来るというのだから。その数は一万数千人をゆうに超《こ》す人数だという噂《うわさ》だった。そして、四方八方に忍ばせた善助の手下から、次々と伝令《でんれい》が届いてくる。こちらはせいぜい五百人ほどの兵だった。一万数千に五百人でいどむのだ。

「それっ、もっと、もっと急げ。予定の応戦準備、ぬかるでないぞ。敵は間もなく攻《せ》めて来るぞ」

馬を走らせながら与一が緊張した面持《おもも》ちで皆に声をかけて回っていた。

(この機を逃してなるものか)

光はひらりと馬にまたがり、その後にくっついて行く。

「頭目、この男、宇宙人とかいうこ奴、なかなか役に立ちますぜ。おっと、以前ご一緒《いっしょ》で、それはようご存知《ぞんじ》のはずでしたな。頭目の側近におかれるのが、よろしいんじゃないですか。差し出がましいようですが」

「ははは。ああ、そうか。龍のご意見とあらば、しょうがない、よかろう。宇宙人、付いてまいれ。わしの身辺警護を頼もうか」

「えへへっ。やったあ」

光はちらっと龍に有難うのウィンク。

「頭目よ、何があったんかは知りませんが、こいつ、もう充分改心しとりやすで。剣や弓の稽古、それに乗馬もどえらい気合を入れて励《はげ》んどりますぜ」

龍は何か勘違《かんちが》いしているのだろう。しかし与一が笑いをかみこらえている様子に、光はやれやれと、一歩、与一の側に馬を近づけた。

しかし敵軍《てきぐん》はどうしたことか、なかなかやって来なかった。その内忍びの者の伝令が戻って来た。その者の言うには、備前守護はただ今、京に進軍を余儀《よぎ》なくされているという。京の都でちょうど南朝軍と北朝軍の大戦闘が始まったんだそうで、守護松田の本隊はそちらに援軍《えんぐん》に出て行くことになったという。あわただしく移動を開始した模様《もよう》で、こちらへ割《さ》ける兵はせいぜい二千ほどに縮小《しゅくしょう》されるだろうということだった。そうして次の伝令では、本隊はすでに京に進軍しており、代わって守護代《だい》が率いる軍が金川辺りにまで近づいている。でも、そこにいったんとどまって陣容《じんよう》を整えている模様だという。

「やがて日も暮れよう。北朝側の大名は、この頃ではもうすっかり、旧勢力の領主をあなどっておりやす。気を抜いてゆるゆるとやって来るだろうよ」

龍が吐き捨てるようにつぶやいた。

「よしよし、これはまたとない好都合じゃ。充分時間がかせげる。防備の備《そな》えが万全にできるぞ」

与一はにまっとほくそえんだ。そしてすかさず馬にひとむちを入れた。

「行くぞう。付いて来い。金川に奇襲《きしゅう》をかけようぞ、それっ」

言うが早いか、与一の馬は疾風《しっぷう》のようにかけだした。その勢いにつられ光も馬を駆《か》る。その後を龍の馬も続いた。

「おう、それっ、おくれるな」

騎馬隊十数騎が泡《あわ》をくったように走り出す。その中に、岩屋のもう一人の野武士、あの太っちょ、風太《ふうた》がもくもくと付き従っていた。風太は、もともと野武士だった荒くれ者の集団を引き連れていた。その男達の風体《ふうてい》といったら、およそ武士とは思えないような得体《えたい》の知れない武器を背に担いでいるのだった。

中国山地を水源とし、瀬戸内海へと流れこむ旭川が、備前平野にそそぐちょっと手前で大きく蛇行していた。その沖積《ちゅうせき》盆地、金川に備前の守護代の率いる軍がのうのうと駐屯《ちゅうとん》していた。

河の両岸は長い年月に深く侵食《しんしょく》され、川沿いに切り立った山が延々と連なってそびえている。その山中を龍がいつか先に立って一行を導いていた。長年野盗としてこの辺りを荒らし回っていた龍や風太達にしてみれば、この辺りの地理は自分ちの庭のように明るいらしい。

「山道を行きやしょう。金川の野営地の真上辺りに出られるはずだ」

「崖の真下に全員留まっておりやすで」

善助配下の忍びの者がどこからかぬっと現れた。

萌《も》え始めた雑木々の間からもれくる春日は、やがて山間に沈み、藍《あい》色の空に鎌のような月が輝き始めた。

一行は敵の野営地の真上の山上に立った。野営地のあちこちにかがり火が燃えていた。敵兵達はのんびりと横になって、ぼつぼつ眠ろうかという雰囲気《ふんいき》だった。

「頭目、この山には大きな丸い岩がえらいたくさん転がっておりやすぜ。これ、使えますでな」

龍の目がきらっと光った。

「ふん、どうやって」

その声を聞くが早いか、風太はもう大岩をゴロリ、ゴロゴロと転がして運んできていた。

「ふうん、そうか。それをやるか」

「ふうむ、よし、よかろう。皆で準備しろ」

早速、風太の仲間達が夕闇の山肌を、あちこち手分けして大岩集めに動き出した。岩は枯れ落葉を取りのぞくだけで、やすやすと見つかった。それを秘《ひそ》かに転《ころ》がして、野営地の真上の崖っ縁にどんどん並べていく。光は彼らが何を目論《もくろ》んでいるのかを察《さっ》し、一瞬背筋が凍《こお》った。しかし考えてみたら、どっちみち戦争となれば、何だって同じこと。かっこもなんもありゃあせんなと、つい苦笑《にが》い、ひとりうなずくのだった。風太の仲間がつるはしやら大槌《づち》やら、それにもっこ、鉄棒など、妙な道具を携帯《けいたい》していたわけだ。そうして大岩の山が築かれるのに、そう時間はかからなかった。

そしてじっと野営地の兵隊達が寝静まるのを待つのだった。やがて与一の号令で、一方的に戦の口火《くちび》は切って落とされた。まず大岩がゴロンゴロン、ゴロゴロ、ドシャーンと崖下の野営地に落とされる。山裾《ぶ》はまるで地震の崖崩れの様相となった。なにしろ予期しない大岩が、突然何の前触れもなく頭上に落ちて来るのだから。そりゃあ、相手にとっては大ごとだ。闇の中のこと、よくは見えないが、蜘蛛《くも》の子を散らすとはまさにこの様《ざま》という大騒ぎ。

その時、光の脳裏にある策がひらめいた。義経《よしつね》のあの鵯越《ひよどりごえ》の奇襲《きしゅう》だ。

（この崖、かけ下《くだ》ろう）

「行くぞ。ここを駆け下りるぞ。奇襲、突撃《とつげき》」

言うや、もう崖を馬で駆け下り始めた。

「大丈夫かあ」

与一の声がおずおずとのぞく。

「行、け、そう」

「おう、大丈夫だ」

そう言った時には、もう敵陣に無事到着していた。すぐさま腰の刀を抜き、最もりっぱに見える陣営めざして切り込んで行く。すぐ後ろに龍がぴたっとはりついていた。光は鎧を解《と》いて休んでいた武将目掛けて、猛然《もうぜん》と襲《おそ》い掛《か》かった。間もなく、与一もやって来た。与一はもう戦争にはすっかり馴《な》れっこ。バッタバッタと事もなく切り倒しては進む。後に続く強者《つわもの》どももちろん、ぞんぶんに殺《さつ》りくを繰《く》り広げるのだった。

そうして夜明けを待つまでもなく、勝敗は決まった。与一の一行は、帰りは川沿いのなだらかな道を通り、久米の荘へとさっそうと引き上げて行った。

一方、大打撃を受けた備前守護代の軍は、ちりぢりに飛散《ひさん》、ほうほうの体《てい》で引き上げて行ったということだ。

(やれ、助かったぞ)

久米の荘に戻ると、荘園に仕えている地下侍達は大喜び、皆、武装を解いて日常にと戻っていった。

しかし、京の都で繰り広げられた南朝と北朝のこの時の大戦は、北朝方の大勝利に終わり、以後、南朝方の勢力は衰退《すいたい》の一途《いっと》をたどることとなるのだった。ただ、北朝と言っても、それは名のみの朝廷であって、実際は足利氏の天下となっていくのだった。そして足利方に組みした集団が、次々と大名としてとりたてられ、恩賞《おんしょう》としてあちこちに所領を与えられ、知行《ちぎょう》も許されていくようになるのだった。

(この荘園だって、いずれは足利方の誰ぞの所領に切り取られる時がくるだろうにな)

そう思うと、光は胸が詰《つ》まる思いがするのだった。

しかし、後醍醐天皇が亡くなり、南朝の勢力が弱まったとは言え、この時はまだ、あちこちに散らばっている南朝方の武装集団の反撃《はんげき》は続いていたのだった。

「備前守護は必ずまた攻めて来る。こんどはもっと大軍をしたててやって来るぞ。しかししばらくはこれで時が稼《かせ》げる。防備を万全に整えようぞ。兄上、頼みましたぞ」

与一はすっかり大名《だいみょう》気どりになっている。

勇作はその頃まだ、苫田の郡の院の荘にある、美作守護邸《てい》の建設途中であった。今や美作の守護は、播磨の守護、赤松氏の兼任《けんにん》となっていた。赤松氏一派の誰ぞが知行にやって来ることになろう。そうなると備前守護松田氏と赤松氏の間に、いずれは紛《ふん》争《そう》の火種になりかねないのが、この久米の荘園なのだった。

(与一は分かっていない。このままこの戦争に首を突っ込んでいたら、こりゃあ、やばいことになるぞ)

光はそうっと与一の顔をうかがう。与一は今や自信に満ち溢《あふ》れた顔で、兵達を鼓舞《こぶ》して回っていた。

善助も備前のあの守護大名の軍に勝てたということで、ずい分気を良くしている。また、子どもの頃にあこがれた侍に、ひょっとして大名にだってなれるやもしれないと、大それた野望を抱き始めている様子だ。

(こりゃあ、いよいよやばいことになるぞ。命を落とすことにならねばいいが……い

や、そうなる前に、なんとかおれが、そんな野望は捨てさせなければ）
光は密かにそう思うようになっていた。
そしてひとまず、鬼山の軍隊は引き上げることとなった。だが、久米の荘園の防備、堀や柵や櫓等の建設は、勇作の一団によって引き続きすすめられる。そしてその後、勇作は建設途中だった苫田の院の荘の美作守護館の建設に戻ることになるのであった。

やがて久米の荘園の戦から半年、無事に稲の収穫も終わろうとしていた。そんな折、やはりまた備前守護が反撃の動きを見せ始めた。美作に赤松氏が根を下ろさない内に、久米の荘を自分の所領にという算段《さんだん》だろう。

荘官の使いの者が助けを求めにやって来た。

その頃、光はすでに与一の側近にとりたてられていた。また以前のように気安く話せる間柄《あいだがら》にもなっていた。

今や、これまでの戦での与一の軍の武勇は、もう近畿《きんき》一円に知れ渡っていた。だから一層近隣の砦から侍志望の者がすり寄って来るようになり、鬼山軍は千人にもふくれあがっていた。それに浄土宗寺院《じょうどしゅう》の荘園、北の荘を守る僧兵軍にも、あちこちの浄土宗衆徒《しゅうと》が加わり、合わせると総勢千五百人ぐらいにもなっていた。しかし何といっても相手は備前の守護のこと。おそらく万を超す兵でやって来るに違いない。

「大丈夫さ。わしらには神仏が付いておる。神仏のご加護《かご》がある。見てみろ、すぐにけちらしてやる」

善助は武者震い、勇み立っている。龍がその肩を頼もしそうに平手でポンとたたき、

「そうさ、この前だって、簡単に追っ払ったじゃないか。それにわしら充分に迎え撃《う》つ用意は整えてある。この機《き》を待っとったんじゃ。先手、必勝じゃあ」

と、居並ぶ雑兵を鼓舞。

その時、与一の、緊張で少し上ずった声が馬上から響き渡った。

「これまでつちかってきた鬼山軍団の本領を、今こそここでぞんぶんに見せてやろうぞ。さあ、者ども、出陣だあ」

そんな与一を、光は祈るような思いで見守る。

(いずれ足利の世になる。幕府の力が増大してくる。そしたら、足利方に加勢した豪《ごう》

族《ぞく》に、ここら辺だって、褒美として切り分けられるに違いない。そしてまた守護の勢力が復活するんだぞ）

しかしこの混沌《こんとん》とした戦乱のど真ん中に生きている与一達に、そんなことがわかろうはずもなかった。

鬼山軍は勇んで久米の荘にはせ参じ、防備の陣を張ったのだった。

やがて守護、松田の軍勢が押し寄せて来た。

「来たぞう」

しかし、砂ぼこりの中から姿を現した戦列は、そんなに多人数ではなかった。

実はこの度も地頭を頭《かしら》とする三千名ほどで組織された軍だったのだ。まだ、北畠氏等、南朝の残党を追撃《ついげき》するために、本隊は遠征《えんせい》に次ぐ遠征の最中だった。その本隊に送る兵糧米《ひょうろうまい》を早急《さっきゅう》にかき集める必要にせまられての、この襲撃だったのだ。

旧政権下の領主勢力はもうすっかり弱体化しており、足利に組みして所領安堵されている松田氏はこの久米の荘を甘く見ていたに違いない。地頭に命令を下し、その三千ほどの部隊が、収穫の終わったばかりの久米の地に押し寄せて来たのだった。これを、鬼山軍は万全の備えで待ち受けていた。

「ああ、良かった。まだこの時代で良かった、間に合った。与一は何と運が良いんだろう」

光は内心ほっとした。

（しかし、急がなくては。本隊が戻って来る前に、この戦から引き上げさせなければ。ともかく、こんな戦の道から、もう引き返させなければ）

「与一」

光は与一の側に駆け寄った。

「三千ほどだ。幸いここは川沿いの谷間だ。兵達は縦列《じゅうれつ》で細長く並んでやって来ているはず。囲むんだ、その軍を四方から」

「そうだ。それがいい。荘園の前面は勇作兄さんに任《まか》せよう。そうだ、急ごう。宇宙人、お前はこの前のように騎馬隊を率いて、守護軍の後方へ回ってくれぬか」

「合点」

「善助」

「はっ」

「お前は東から攻めてくれ。川向こうの竹藪に潜《ひそ》んで、合図をしたら一斉に矢を射ろ。そして必要なら馬借の川舟を用意して、そこからも打って出ろ」

「龍。龍の隊はわしといっしょに西の山から攻め下りようぞ」

「おう、合点、承知《しょうち》」

「風太、お前は僧兵といっしょに勇作隊に加わってくれ。お前の腕《わん》力が必要になろうからな」

龍の子分の風太が首を傾《かし》げながら、残念そうに龍親分を見上げた。

「そうだな。本隊にたどり着いた兵達を打つには、そっちで、お前さんのその腕力が必要になろうよなあ。はははは っ」

そう言うが早いか、龍は与一の先にたって行こうと、馬に一鞭《ひとむち》入れた。与一は満足そうに、勇作に軽く手を揚《あ》げると駆け出した。

光は騎馬隊を率いて真っ先に山間の細道を猛《もう》スピードでかけて行った。眼下をザクザクッとやって来る三千ほどの兵達に気づかれてはならない。細心の注意を払って馬を進め、やがて守護隊の後ろへ回って降り立った。そして秘かに隊列を整えていると、味方の突撃太鼓《たいこ》の音が辺りにとどろき渡った。すかさず、

「わあー、わあー」

と与一の隊が、西の山から敵隊列の横っ腹を襲った。次に東側の藪の間から、善助隊の弓矢が敵兵めがけてビュンビュンと射かけられた。やがて敵の隊列はずたずたにちぎれ、ばらばらに散らばっていった。広がったといっても、この場所は山あいの狭《せま》い谷間のこと。どうあがいても、逃《のが》れる所は無かった。そこで隊長は必死になって、

「前に進めー。荘園の砦の門を打ち破れー」

と、荘園前面へと、やみくもに、兵達を突撃させていく。

ところが、砦は勇作が知恵をしぼった防衛柵《ぼうえいさく》がしっかりと施《ほどこ》されており、てぐすねひいて僧兵達が待ち構《かま》えていた。

後ろから、そして左右からの攻めに振り回され、慌《あわ》てふためいている守護軍には、もはや砦の堀を渡り、高い柵をよじ登るしか道はないのだった。

皆々、甲冑《かっちゅう》を付けたまま堀を渡り始めた。そこに砦の柵の上から矢が雨のように降

り注ぐ。注ぐものは矢だけではなかった。風太達は用意していた大石を敵めがけてどんどん投げつけるのだった。そして野武士の岩屋にいた年増女、滝さんを隊長とする女達の炊《た》き出し隊が、湯をぐらぐらと沸《わ》かして待ち受けており、その煮え湯が次々にリレーで風太達に渡されるのだった。堀をやっと渡りきり、柵に手をかけた敵兵《てきへい》らは、たちまちその餌食《えじき》にされてしまうのだった。

しかも、そうしている内にぞくぞくと無傷で与一の軍が戻って来、善助軍や光の率いる軍が押し寄せて来て、地頭率いる守護の軍勢は、いっそう散々《さんざん》な目に合わされ、打ち破られて行ったのだった。

「やったぞ。もういい、与一、このぐらいで引き上げようぜ」

光は鬼山軍の引き上げを急がせた。

「どうして。そんなに慌《あわ》てて帰ることもなかろうに」

与一には事の次第《しだい》がよく分かってはいない。

（いずれ、この辺り一帯は、備前と美作の守護の領地争いの戦場になるはずだ）

「松田氏もだが、鬼山のすぐ近くにやがて播磨の守護赤松が美作の守護としてやって来るんだ。そうよ、勇作さんが請け負《う》ってるあの院の荘の館にな。足利の治世《ちせい》がかたまったら、備前守護の松田も播磨の守護大名の赤松もこのまま黙《だま》ってはおらんぞ。もうその時が近づいとる。そうなったら、奴らはじきに攻めて来るぞ。さっさと引き上げよう。鬼山砦が危ない。赤松はあなどれんぞ」

「宇宙人、お前なんかに、どうしてそんな事が言えるんじゃ。お前なんかに分かる訳がないじゃろうが」

与一がふきげんそうに光をにらんだ。与一はこの度の、二度もの大勝利に、すっかり天狗《てんぐ》になっている。相手は守護大名。それをこてんこてんに破ったという自負《じふ》に酔《よ》いしれ、浮かれていた。

(与一は歴史を知らん。このままでは、戦場の露《つゆ》と消える日は、もうそう遠くはないぞ)

光は唇をくっとかんだ。しかし、勇作が光の形相《ぎょうそう》に何を察《さっ》したのか、

「ふうむ、ふむ」

とひとつ大きくうなずいた。そして、

「与一、引き上げようぜ。後はここの者達に任せて、わしらは何食わぬ顔でひとまず砦に戻ろうで。さっ、すみやかに引き上げにかかろう。皆、帰るぞう」

日頃差し出がましいことは何も言わない勇作の、この強い調子に、与一は、

「そうか、じゃあ、そうしよう」

と、しぶしぶ従うこととなったのだった。

山並は紅葉の見ごろを過ぎていた。そんな樹々の葉をザワザワと鳴らし、戦場を吹き渡ってくる夕風には生臭《なまぐさ》い血の臭《にお》いがした。疲れ切った馬の背にまたがり、先ほどまで夢中でかけ回っていた戦場の野面《のづら》に光は改《あらた》めてそうっと目を向けた。茜色の夕日に照らされ、血に汚れた死体が地をうずめるようにるいるいと横たわっていた。起き上がろうと、血塗られた手を伸ばしもがく兵がいた。馬が一頭、泡を吹きながら苦しそうにバタバタあえいでいる。光は今さらながら、「ぐえっ」と吐き気をもよおした。心を鬼にして、死体の間を縫《ぬ》って馬を進める。

「えっ、茂じいがいないだと」

後ろで善助の血を吐くような声がした。

「善助、あきらめろ。その内見つかる。後の始末は僧兵どもにたのんでおいたでな。仏《ほとけ》の供養《くよう》は寺の僧達にねんごろにしてもらおうぞ。今はそれで良かろう」

「しかし」

善助は馬のくつわを引いて体をよじり、戻ろうとする。

「やめろ。あきらめろ」

勇作のおしころした厳しい声が善助をその場に押しとどめる。

死体の死臭の山に引き寄せられるように、夕闇がただよい始めていた。

与一が馬に一鞭当て猛ダッシュで走り出した。とりついている鬼神《きしん》を振り払うかのように。

(与一は変わった。殺りくに次ぐ殺りくが彼女を変えてしまったんだ)

光は与一の後ろ姿を目で追う。

(そんなに前のことではなかったのに。あの小夜には、もう戻れないのだろうか)

川土手の白金《しろがね》にそよぐ芒《すすき》の道を、疾風のように走り行く小柄な姿。その逆光に浮き立つ武装のシルエットに、ふと、赤い花模様の小袖を着てはにかんでいた、あのなつかしい面影を重ねる光だった。

(与一を助けてやりたい。この先繰り返される戦地獄《いくさじごく》から、何としても逃がしてやらなければ)

先を行く与一の後を追いながら思案を巡らす。

(どうしたらいいのだろう。今の与一にはとうてい分かるまい。いずれはやって来る、危険極まりない戦乱の時代が。……そこにいやおうなしにつき進んで行くであろう今のこの状況《じょうきょう》。しかし、今、この与一が、おれのこんな話を理解してくれるだろうか。走り出した弾弓《だんきゅう》の玉は、ちょっとやそっとでは止まらないぞ)

そうしてその後、勇作は棟梁として、美作の州府、守護館の建設をますます急《せ》かされるようになっていく。善助の馬借の仕事も一層忙しくなった。

光の予想は当たった。あちこちに散らばっている善助の手下が集めて来る情報によると、やはり南朝方の残党達はあわれな最後をとげて行き、足利氏による幕府政権が国中に知行の巾を広め始めていた。おっつけ備前守護の松田氏も知行地の備前に戻って来るだろう。そして苫田郡の院の荘には、赤松一族から新任の守護が赴任《ふにん》して来るはずだ。そうなると、幕府の威光《いこう》を肩に、悪党狩りが一気に進むに違いない。もはや赤松の耳にも、鬼山の悪党ぶりは充分届いていることだろう。新守護は、与一達の鬼山悪党をよもや見逃しはしないはずだ。

(やばいぞう。こりゃあ、やばいなあ)

光は受験勉強で詰め込んでいた歴史の知識を思い返しては、

(しかし、鬼山の悪党なんて、どこにも載《の》ってなかったよなあ。では、どうなったんだ)

と、思案するのだった。しかし、そんな光の様子を、次の戦闘に向け、戦略でも練っているととったのか、光にそそぐ与一の眼差はすこぶる良好だ。

(与一、おれの事、認めてくれたんだ。実際、おれ、ようがんばったもんなあ。火事場の馬鹿力《ばか》とはよう言うたもんだ。自分でもほんとびっくりだ)

(だけど、まてよ。これって、おれ、相当与一にいかれてるってことよな)

空が色ガラスのように青く澄んでいた。どこかでモズの声がする。

光はぶらりと部屋を出た。小春日に誘われ、そのままぶらぶら砦をさまよう。南砦に行ってぼんやりと自分の家の辺りを眺める。やっぱり、そこは中世のたたずまいなのだった。

（おれ、この先どうなるんだろう。でも、いずれはまた、現代に戻るんだろうな。そうだった。おれ、大学受験、失敗したんだったよな。でも、大学、失敗しても、死にはしない。戦争で死ぬようなことはないぞ。しかし、この時代は違うんだ。この前みたいなあんな地獄、二度とまっぴらだ。でも、この時代に生きる与一は、この先どうなるんだ）

「逃がしておやりよ」

突然後ろで声がした。振り返ると、十歳ぐらいの少年が籠を抱いて駆けて来た。

「逃がしておやりったら」

加代ちゃんの声だった。捕まえた雀《すずめ》を逃がしてやれと少年を追って来たのだ。

「どうせ、飼えやしないよ。死んじまうぞ。元気な内に逃がしておやりよ」

少年は籠を抱え込んだ。

「お山に返してやりったら。広い空を自由に飛ばしておやりよ」

(そうか、そうだ。その手があった)

光は大きくうなずき、それから大空を仰いだ。

(逃げていいんだ。逃げればいいんだ。一番大切なのは命なんだ)

加代と少年が言い争いながら去って行った小道を与一がやって来た。光を見つけて、ぱっとその顔がほころんだ。

「宇宙人、ここに居たのか。おい、じっとしてると体がなまるぞ。わしは今朝も剣の素振り百回、それに矢を百回は射たぞ。お前は弓が下手《へた》だ。弓を練習して来たらどうだ」

「ああ、そうだなあ。ところで、松田や赤松のさぐりの方、手抜《てぬ》かりはなかろうな」

「うん、大丈夫、善助に頼んである。ただ、勇作が言うには、新しい守護が兵を大量に募《つの》って、館もどんどん拡張しているらしい。工事を急かされとるって」

「だろうな」

「そうだら引き伸ばしもできん、てさっ」

「だろうな。さあて、馬で遠出でもしてみたいんだが、いいかな」

「よし、じゃあ、わしも行こう」

与一の顔がほころんだ。

「おおい、誰か。わしの馬、二頭引き出してくれ。宇宙人と早駆けに出て来るから」

（まるで遠足気分だな）

それも良かろうと光は思う。

二人は西門をこっそり出て、山伝《づた》いに北に向かう。早駆けで馬を進ませる。山の稜《りょう》線《せん》を行くと、顔を打つ向かい風がやけに冷たい。山道をカサコソと吹き飛ばされた枯れ葉が澄み切った高空に舞う。

やがて二人は申し合わせたように、院の荘の荘園が真下に見渡せる山上に出た。

「おお、なるほど。立派な守護の居館《きょかん》だ。うむ、敷地も結構《けっこう》広いなあ。堀もでっかい。大したしろものだ」

「おや、引っ越し荷物がぞくぞく運ばれて来とるぞ」

「善助の手下どもだ」

「ほほう、そうか。ところで、善助の奴、手広く商売やっとるんだってな」

「腕のいい馬借は今や引っ張りだこだ。あちこちに市が、それもひんぱんに立つようになったでな」

（善助はたくましい。勇作の方だってこれからますます繁盛《はんじょう》する、二人は大丈夫だ）

「少し遠回りして帰ろうか。急ぐぞ。さあ、飛ばすぞ」

光は西へ向かって、谷の脇道へと馬を乗り入れる。

「おいおい、おおい。そっちは山奥だ。わしもそっちに行ったことがない。森が深いぞ。おおい、迷《まよ》い込むぞう」

無視して光はなおも走り続ける。だんだん森は深くなって行く。

「いいから、付いて来い」

なおもどんどん先へ先へと森を走り続ける。

冬木になった山は意外なほど明るい。やがて清らかな流れが滝となってかけ下っている渓間《たにま》の草原へと出た。そこで光はようやく馬を止めた。

「休もう」

与一も馬をおりた。二人は無言で小川のほとりの岩に腰掛ける。きらきらと流れる川底をすいっすいと魚影《ぎょえい》がよぎる。

「なあ、聞いてくれ」

光は話し始める。

「与一、この辺りで畑を耕して暮らしてみんか。憂《う》き世《よ》を離れて、のんびり暮らせるぞ」

「はあっ。おい、宇宙人、お前、どうしたんだ。それ、どういう意味だ。駆落《かけお》ちでもしようと言うのか」

「ははは、っ。それ、いいな。いや、ごめんごめん。そういうことじゃあないんだ。つまり、このままでは鬼山の住人は皆殺しに合うぞ、と言いたいんだ。分かるか」

「皆殺し？　皆殺しか」

「そうだ。今はお前らのような悪党が野放しにされとる。しかし領主にとっちゃあ、物騒《ぶっそう》な、うるさい存在だ。もう少し世の中が落ち着いたら、そう、はっきり言うと、幕府の知行が行き渡ったら、お前らは打たれる。運良く、今生き残ったとしても、この先ずうっと戦い続けることになる。それはもう歴史で証明ずみなんだ」

「ちょっと、ちょっと待ってくれ。歴史って何だ。証明ずみって、それ、何の事だ」

けげんな顔で与一の目が詰め寄る。

光は川の岸辺にぶらりと下りる。しゃがんで水を両手ですくって一口すする。

(どう言えばいいんだろう。戦いのど真ん中にどっぷりとつかっている与一達にとっては、戦争の混乱はもう普通になっているんだろうな)

「ふうむ」

光は考える。そしてついに決断した。

「うまいぞ。お前も飲んでみろ」

「ああ」

「打ち明けよう。分かってもらえなくてもいい。よし、言おう。おれ、実はこの時代の者じゃあないんだ。未来、つまり、どう言ったら良いのか。……六百年以上も先の時代から、この時代に迷い込んで来てしまったんだ。どうしてだか、自分でもよう分からんのだが」

与一がぽかんとした顔になって、まじまじと光の目を見つめる。

「自分の意思ではないんだ。だからいつまた元の時代に帰るか分からん。おれはずうっと先の時代の人間なんだ。だから、この時代の先に起こる出来事が書物として、つまり、それが歴史なんだが、残されていて、この時代の先を知っているんだ。分かるか。それによると、今は南北朝時代の終わり頃らしい。だから、やがて室町幕府の時代が来る。そしてその時代は守護が地方を治《おさ》める。そう、この辺りは赤松氏の知行地となる。刃向《はむ》かうと殺されるぞ。しかし、その守護赤松もそのうち歴史上から消えてしまう時が来る。松田氏だって、山名氏だって、同じ道をたどるんだ。それはもう歴史上の事実だ。そしてその先はな、また世の中が乱れに乱れ、大名と大名が知行地を争って戦う、戦国の時代となって行くんだ」

首をかしげていた与一の顔が、何を感じたのか一瞬真っ赤になり、ぶるぶると頬が震えだした。与一がどの程度光のこの話を理解したかは分からない。しかしだんだん引き込まれている様子が手にとるように伝わって来る。砦の仲間を鼓舞するため、いつも努《つと》めて明るくふるまっている与一ではあったが、茂じいを始め何人もの仲間を死なせた、その責任《せきにん》に頭目であるがゆえに、相当苦しんでいるに違いない。この先も戦にのぞめば、砦の皆がどうなるのか、分からない与一ではないのだった。

光は心を鬼にして続ける。

「だから、だからそうならない内に、逃げるんだ。皆を逃がすんだ」

そこまで一気にしゃべった時、与一が人形の首が折れるように、こくんとうなだれた。頬に涙のしずくが光っていた。

「砦を捨てて、秘かに落ちのびるんだ。いいか。そうなんだ。それっきゃあ無いぞ、皆を助ける道は」

「ふんふん」

と、ぬれた瞳でじっと光を見つめる。やはり、与一は小夜、カワラナデシコの小夜なのだ。変わっちゃあいなかったんだ。光はそんな与一を死なせたくないと、心から思うのだった。

（幸せにしてやりたい。小夜の姿のままで、与一を自由に羽ばたかせてやりたい）

辺りの草原をちっちゃな鳥が数羽、草の実をついばみながら飛び交っていた。小鳥を目で追う与一の眼差《まなざし》がいつになく優しくなった。

「帰ろうか」

光が立ち上がると、与一は「そうだな」と腰を上げた。そしてしばらく冬枯れの草原をじっと眺め回す。黄金色の夕映えの小川を、小魚がきらりと跳ね、ポチャンと沈んだ。

「ここ、知ってたんだ。いつの時代に開墾《かいこん》したのかは分からないんだけど、昔の集落跡だと聞いたことがあったんだ」

「そうか、宇宙人は先の世の者だったのか。そうだったのか。ああ、そうか、そうだったのか……。そうだな、ここなら、見つからないかもしれないな」

樹々の間から時折ちらちら差し来る夕陽が妙に赤い。

二人は夕映えの山道をもくもくと帰って行く。

「宇宙人よ、じゃあ、お前はまた、お前の時代に戻ってしまうんだな」

ぼそりと、しぼり出すような声が光の背を打った。

「分からん。自分ではどうすることもできん」

「そうか、そうなのか」

「そんな事より、早速砦から逃げ出す算段《さんだん》をしようぜ。もうこれ以上、仲間を死なせる訳にはいかんじゃろ。しかし、鬼山の悪党はもう世間《せけん》に知れ渡っとるぞ。慎重《しんちょう》に企《くわだ》てて、疑われんようにどろんと消えにゃあならんぞ。探し出されたら、それこそ大ごとぞ。えらいことになるぞ」

「そうだな。どうやって逃げるか、だな」

「死んだふりをすりゃあええ、死んだ者を追っては来んぞ」

「なるほど。その手があるな。負け戦をすればいいんだな。全滅《ぜんめつ》したと敵に、そして世間に、思わせればいいんだな、わかったわかった」

「そうだ。幸い、善助らは馬借として生きられる。勇作は大工の棟梁として、その腕が買われとる。そちらの顔で生き延びりゃあええ。だから残った百姓達の身の振り方を考えればいいんだ。山を開いて、畑を耕し、炭を焼いたり籠を編んだり。女達は蚕《かいこ》を飼えばいいんじゃないか。早速、これから逃げ出す準備にかかろうぜ。おっつけ、赤松か松田か、どちらかが攻めて来る。その折だ。それまでに皆と充分図《はか》って、大はでな落城の準備だ」

「ふふふっ。はっはっはっ。おもしろくなったぞ」

与一の目が夕闇にきらっと輝く。くるくると考えを巡らしている時の与一の顔には、あやしい魅力が漂う。まるで小鬼のようだと光は思う。

「ふふふ、こいつ、やっぱり鬼山砦の悪党、鬼だ」


そうしてその時はやって来た。

美作守護の軍勢が鬼山の悪党を成敗《せいばい》にやって来たのだ。

堀の向こう、打穴《うたの》の谷はその兵らによって埋めつくされていた。その数は数千、いや数万かもしれない。しかし砦にはもう住人はあまり残ってはいなかった。少しずつ少しずつ、山の奥へ奥へと、人知れず落ちのびて行っていたのだから。砦には充分戦闘訓練を積んだ屈強な兵達のみが残っているばかりだった。しかも彼らは皆、兵隊達の衣装と甲冑《かっちゅう》を纏《まと》わせた大振りの藁《わら》人形を前々から大量に作っており、その替《か》え玉を並び立たせていた。

守護の軍は砦を囲む堀を真っ先に大勢で崩《くず》しにかかった。それは川を改造しただけの堀であったから、川下へ水を流す堰を切り崩すだけのこと。そんなに手間取るはずもなかった。堀に設置した櫓はもうもぬけの殻《から》であったから、抵抗も無いのだった。

そうして堀の水を流し終えると、たちまち、「わあー」と鬨《とき》の声を上げ、我先にと兵どもが怒涛《どとう》のように鬼山めがけて押し寄せて来た。そして砦の城にこもる藁人形の兵隊に向けて、雨あられのように矢を射るのだった。矢は次々と藁人形を貫き、その度に影に潜んでいた者らが人形をバタリ、バタリと倒し、そろっと裏の西門へと急ぐのだった。そうして鬼山砦は、一人去り二人去り、ついに与一と光が残るのみとなった。

「わあわあー」

と、勢いづいた敵兵の声が鬼山の裾を取り囲み、砦の柵をよじ登ろうとしていた。

「与一、覚悟《かくご》はいいか。火をつけるぞ、いいな」

「よし、分かった。仕方《しかた》ない」

与一は頭目人形の首に、自らグサッと刀を突きさすと、松明《たいまつ》の火を近づけた。鎧兜《よろいかぶと》に包まれた頭目与一を模《かたど》った藁人形は、ボッと火を噴《ふ》いて燃えだした。すぐさま与一は城のそこら中に竹筒の油をまき散らしてゆく。光の付ける松明の火がその油に引火《いんか》して城は瞬く間に火の海となっていく。

「宇宙人、先に行ってくれ」

「いや、与一、ここでさらばだ。与一は先に逃げてくれ」

「どうして」

「おれはいずれおれの時代に戻る。その時が近づいている。そんな予感がびんびんする。この時代に出て来た場所に急いで行かねばならない。たぶんそこが、おれの時代へ通じる時空《じくう》の磁場《じば》の裂《さ》け目だ。だから院の荘に急がねばならない。これから早速守護の足軽《あしがる》に化けて行く」

「そうか、お別れなのだな。じゃあ、さらばだ、宇宙人」

ひらりと身を翻《ひるがえ》し、農民姿の与一が炎の間に煙と消えていく。

「おおい、小夜。わしは宇宙人じゃない。**おれの名は星川光。星川光だ。**覚えといてくれ。忘れるな」

「**星川光、星川光だな。**分かった。また会えるな、**星川光。**また、会おうぞ」

与一の悲痛《ひつう》な声が、押し寄せる兵らのがなり声と城の焼け落ちる騒音の中から、かすかに聞こえた。

光は与一の脱出を見届けると、北の崖へと向かった。山王様の山道だ。そこを抜けると小学校の通学路。とっととその道を敵の館にと向かう。館へもぐりこむ手はずは、勇作が整えてくれているはずだ。

最短の道を駆けたので、引き上げて来る守護軍よりひと足早く、光は守護館にたどり着いた。堀を渡した真新しい橋を渡る。開け放った門をくぐると、館に向かう真っすぐな道が伸びていた。その石畳《だたみ》をひたひたと歩く。

どんよりと曇った冬の空。突然冬の稲妻が光った。次の瞬間、くらんと辺りが妙に明るくなった。

光は後醍醐天皇を祀る作楽神社の参道を歩いていた。門の側に自転車が立てかけてあった。もちろん光の自転車だった。若木の桜の、薄紅の花弁《びら》がおだやかな春風にはらはらと散っていた。

「さあ、帰ろう。明日はO市に出発だ。ともかく、来年の合格を目指す。大学に入るぞ。戦争の無い時代が続くよう、いや、戦争の無い国、戦争の無い世界の実現をめざすんだ。おれ、与一に負けないよう、がんばるぞ」

光は自転車のペダルを踏む足に、ぐっと力を入れた。

著者紹介
川島英子（かわしま　ひでこ）
岡山県久米郡美咲町に生まれる。津山高校、岡山大学教育学部卒。
小学校教諭の後、専業主婦。
賞は、岡山市市民の文芸、随筆「通夜の雨」で市長賞。岡山市市民の童話賞、童話「うちの子、知りませんか」は最優秀賞。児童文学「螢のブローチ」で、岡山県文学選奨入選。読売ファミリー童話大賞に「白いパラソル」が優秀賞に入選。
著書は、児童文学「螢のブローチ」「ぎゅっとだいて」「白いパラソル」。童話「月夜のシャボン玉」。短歌の歌集に、「櫻吹雪」「渓のせせらぎ」がある。
日本児童文芸家協会、日本児童文学者協会会員。いちばんぼし童話の会「いちばんぼし」、岡山児童文学会「松ぼっくり」同人。短歌誌「麓」同人。

鬼山砦《おにやまとりで》の小悪党《こあくとう》

2019年6月27日　初版第1刷発行

編　著――川島英子
イラスト――仲田未来
発行所――吉備人出版
〒700-0823　岡山市北区丸の内2丁目11-22
電話 086-235-3456　ファクス 086-234-3210
振替 01250-9-14467
メール books@kibito.co.jp
ウェブサイト www.kibito.co.jp
印刷所――株式会社三門印刷所
製本所――株式会社岡山みどり製本

ISBN978-4-86069-582-8　C0093

日本音楽著作権協会（出）許諾第1904441-901号